DETECTIVE STORY

Etienne Sadek, 1987 in Strasbourg an der deutschfranzösischen Grenze geboren, kam als Jugendlicher nach Deutschland und schrieb Artikel für unterschiedliche Veröffentlichungen. Dabei entdeckte er seine Leidenschaft für das Schreiben.

Seine erste Leidenschaft war und bleibt Schach, das er als begeisterter Spieler in einem Verein betreibt, in dem er mittlerweile als Vorstandsmitglied mitwirkt. Auch gibt er in diesem Fach Unterricht.

Neben den Artikeln schrieb er im Stillen Gedichte und Liedertexte und wagte sich allmählich an Erzählungen. Dies ist sein erstes Buch.

Etienne Sadek

DETECTIVE STORY

Roman

Sadek, Etienne: Detective Story
Covergestaltung: Nina Hilbert
Portraitphotographie: Slawomir Frost

© Etienne Sadek, 2011
Herstellung und Verlag:
Books on Demand GmbH, Norderstedt
ISBN: 978-3-8423-6646-6

Bibliografische Information der Deutschen Nationalbibliothek
Die Deutsche Nationalbibliothek verzeichnet diese Publikation in
der Deutschen Nationalbibliografie; detaillierte bibliografische
Daten sind im Internet über http://dnb.d-nb.de abrufbar.

An das Leben in all seinen Facetten

Vorwort

Hallo und herzlich willkommen.

Längere Zeit habe ich darüber nachgedacht, ob ein Vorwort gerechtfertigt ist oder nicht.

Doch nun, hier ist es, und ich werde versuchen, die Beweggründe und die Entstehungsgeschichte dieses Abenteuers zu erläutern.

Sie mögen lachen, doch gedacht war diese Erzählung als ein- oder zweiseitige Parodie, mit einem Protagonisten, der allein durch seine Naivität seine Tollpatschigkeit ausgleicht.

Doch wie die Phantasie so spielt, entwickelte die Figur ein mysteriöses Eigenleben, und andere Figuren kamen hinzu, und auch diese wandelten sich von zweidimensionalen Figuren zu komplexen Charakteren, die nach Eigenständigkeit bettelten.

Immer klarer wurde der Umfang dieser Episode. Auch wenn mir nicht auf Anhieb bewusst, sie fing an, meine Leidenschaft für alte Romane wiederzuspiegeln, und so entstand dieses Buch, das Sie in den Händen halten.

Dieses kann als recht klassischer Krimi gesehen werden, mit einer Verschwörung, Charakteren, die unverhofft in ein Abenteuer hineingezogen werden, Bösewichten, spannenden und unerwarteten Wendungen und allem, was zu einer unterhaltsamen Lesereise gehört.

Einen großen Dank schulde ich meiner Familie, die mich die Literatur leben und lieben gelehrt hat.
Einen großen Dank ebenfalls an meine Freunde, die mich stets ermuntert haben dieser Leidenschaft nachzugehen.

Und nicht zuletzt eine Danksagung an die großen Autoren wie Tolstoi, Alfred Hitchcock und J.Wolfes, die mit ihren wundervollen Schriften mir so manchen Abend versüßt haben.

Doch nun möchte ich Sie nicht weiter aufhalten.

Lehnen Sie sich zurück, machen Sie sich eine Tasse ihres Lieblingsgetränks, und begleiten Sie unseren Helden auf seiner abenteuerlichen Reise.

Etienne Sadek

1

„Alex Steffen's Private Eye" steht auf einer soliden braunen Holztür.

Der Eintretendetrifft einen Mann mittleren Alters mit Haaren auburn und haselnussbraunen Augen. Doch genau das Problem dieses Mannes ist: es kommt eben keiner.

Treten also wir in diesen großen Raum ein, in dem er fünf oder sechs Personen willkommen heißen könnte, ohne sich beengt zu fühlen.

Zweckmäßig ist alles darin: ein Schreibtisch aus massivem, blank poliertem Holz, an dem unser Gastgeber in einem geräumigen Sessel aus rostig braunen Lederpolstern sitzt, Eichenregale mit Aktenordnern, Ahornregale mit Büchern, und an den Wänden Urkunden und Zertifikate ocker umrahmt...

„Er mag die Farbe Braun", denkt Ihr gewiss, aber die Farbe spielt im Moment keine Rolle, seine Gedanken kreisen um den kommenden Besuch. Wer es sein wird, weiß er zwar nicht, aber es wird endlich jemand kommen, der ihn samt Muße mit einem Erfolg versprechenden Auftrag hinaus lotst.

Er findet es nämlich öde, hier zu sitzen und die ungeöffneten Mahnungen in der Schreibtischschublade zu verbannen. Heute vielleicht...

„Diese Rechnungen treiben mich noch in den Wahnsinn." fasst Alex seine klägliche Finanzlage zusammen und sinnt einen Fall herbei, der ihm Ruhm und Ehre nebst Zaster einbringen kann; nicht die übliche Suche nach entschwundenem Schmuck, den man glorreich aus der Sofa-Ritze herausholt.

Alex klopft sich die Fingerkuppen aneinander - natürlich halten ihn solche Bagatellen finanziell gerade über Wasser, er hat nichts dagegen einzuwenden; doch nicht dafür ist er Privatdetektiv geworden,das ist eine fast angeborene Leidenschaft: Er wollte eigentlich „nur" atemberaubende Abenteuer durchstehen und mehr als den Kampf mit dem wild gewordenen Chihuahua neulich gewinnen.

Die Träume am Beginn seiner Karriere waren auch schön artig Träume geblieben, und sein täglicher größter Kampf war, nicht am Schreibtisch im üppigen braunen Sessel beim regelmäßigen Ticken der braunen Uhr zu dösen. Plötzlich wurde er aus seinen Wachträumen durch ein ungewöhnliches Geräusch aufgeschreckt: „Tock-tock". Jetzt schon wieder. Kein Zweifel, man klopfte an seiner Tür.

Es war Adrenalin pur, und er war plötzlich hellwach, setzte sich aufrecht, festigte seine Stimme: „Herein!".

Nichts geschah, er glaubte schon an eine Fata Morgana, doch die Tür schwang endlich langsam auf, und herein kam eine gebückte Gestalt mit schneeweißen Haaren.

Der Greis hatte überraschend jüngere Gesichtszüge, als man hätte aufgrund seiner Körperhaltung erwarten dürfen. „Guten Tag, sind Sie Mister Steffens…?"

„Ja, …stets zu Diensten!", antwortete Alex, leicht stutzig über die Frage, denn schließlich war es ja sein Büro. „Gut, gut…" erwiderte der Mann und trat gänzlich ein.

„Bitte nehmen Sie Platz." bot Alex an.

„Vielen Dank, ich bin ein alter Mann, wissen Sie…"

Alex nickte mit dem unbehaglichen Gefühl, nicht ernst genommen zu werden. Kaum hingesetzt fing der Besucher an: „Also, ich brauche Ihre Hilfe. Ich suche jemanden, meine Nichte." Alex nickte erneut: „Fahren Sie fort, ich notiere." Der Greis, der in seiner Erzählung inne gehalten hatte, sammelte seine Gedanken: „Ja, ich suche meine Nichte. Sie ist schon seit sechs Wochen verschwunden, und ich weiß nicht, wo ich sie finden kann."

„Ich verstehe." bemerkte Alex „Wie sieht Ihre Nichte denn aus? Und wie heißt sie?" Der alte Mann sah ihn nachdenklich an: „Ihr Name ist Brightling. Sie hat lange, braune Haare, grüne Augen, und sie ist ungefähr… so groß." Er hob die Hand über eine unsichtbare Gestalt.

„Also, ungefähr 1,60 Meter, gut; und wo wurde sie zum letzten Mal gesehen?" Der Mann schaute Alex leicht verloren an: „Ich weiß es nicht. Sie müssen wissen, ich bin nichtin sehr regem Kontakt mit ihr. „

Alex nickte schon wieder „Hatte sie gute Bekannte in der Stadt?" Der Mann schüttelte den Kopf „Nicht, dass ich wüsste..."

Wenn das keine Herausforderung war... Alex nickte bedeutungsvoll und bot dem Besucher ein Getränk an, der aber wehrte ab „Ich muss leider gehen." stand folglich auf und ging zur Tür.

„Ich werde mein Bestes tun." rief ihm Alex hinterher, der Alte drehte sich in der Tür um, nuschelte „Danke!" und war verschwunden.

Was Alex versicherte, dass er die letzten zehn Minuten nicht geträumt hatte, war die Karte, die der alte Mann ihm auf den Schreibtisch gelegt hatte und ihn als 'Jonathan Ewans' vorstellte.

Jonathan Ewans, also... Er hinterließ auf Alex einen zahlungskräftigen Eindruck und einen nicht unbedeutenden Barscheck.

Unser Gastgeber lehnte sich mit einem zufriedenen Lächeln auf den Lippen in die bequemen Polster zurück und entspannte sich.

Er hatte einen Fall.

So blieb er eine Weile ruhig und überlegte, was er als erstes unternehmen sollte.

Er kam zu dem Schluss, dass es ratsam war, einfach Feierabend zu machen, nach Hause zu gehen und zu schlafen.

***

Er erhob sich und nahm aus dem Kleiderständer, aus dunklem Holz neben der Tür, seinen Mantel. Jenen liebte er; schon seit zwei Jahren hielt sein Kamelhaar jeder Witterung und anderen widrigen Umständen stand.

Er verließ sein Büro und schloss hinter sich ab, dann schlenderte er, ohne den Fahrstuhl zu benutzen, den Gang lang zur Treppe des Gebäudes hinunter. Es behagte ihm, denn sein Büro lag nur im zweiten Stock, er holperte die wenigen Stufen hinab und trat auf die Straße.

Es war schon recht dunkel, der laue Windhauch kündigte eine milde Nacht an.

Er winkte ein Taxi heran, das gerade um die Ecke in die Straße bog.

Der Taxifahrer hielt sein Gefährt mit quietschenden Reifen neben ihm an, also stieg er ein und nannte seine Adresse. Der Fahrer ließ erneut die Reifen quietschen und startete.

***

Alex hatte zwar einen Führerschein, aber kein Auto, denn seine Arbeit als Privatdetektiv war nicht sehr einträglich, zumal er nur wenige Fälle vor den bekannten Agenturen abfing.

Doch diese Arbeit gefiel ihm, er hatte sogar trotz der wenig aufregenden Fälle seinen Spaß daran. Er ließ seine Gedanken schweifen, während er aus dem Beifahrerfenster die Häuser, an denen er vorbei rauschte, kaum wahrnahm.

Eine Kurve, die der Fahrer mit besonderer Begeisterung fuhr, riss ihn aus seinen Gedanken, und er klammerte sich unwillkürlich an die Tür.

Der Fahrer hatte anscheinend seine Berufung verfehlt und hätte besser Rennfahrer werden sollen. Das Taxi knarzte in jeder Biegung bedenklich. Es knarzte! Alex erwog die Möglichkeit, aus dem fahrenden Auto zu springen, aber seine Überlebenschancen bei diesem Tempo schienen ihm zu gering.

Die gute Seite dieser Fahrt war ihre Kürze: schon stoppte der Fahrer, mit wiederholt quietschenden Reifen, den Zähler vor seinem Hauseingang.

Alex dankte seinem Schutzengel für die außergewöhnliche Leistung.

Er wohnte in einem viereckigen, sechs Stockwerken hohem Gebäude.

Seine Wohnung lag im Parterre. Noch ein Glück, denn er hätte mit weichen Knien nach dieser Fahrt nicht viele Stufen verkraftet. Das Gebäude war weder besonders hübsch noch besonders hässlich, so banal wie hunderte andere in Chicago.

Er ging durch die Eingangstür zu seiner Wohnung, drehte den Schlüssel im Schloss und ging hinein.

Auf einmal fühlte er sich sehr müde. Er ging direkt ins Badezimmer, zog sich um und schlenderte ins Schlafzimmer. Er legte sich wie immer mit Genugtuung allein in das mollige französische Bett für zwei. Noch eine Weile ließ er seine Gedanken um den neuen Fall kreisen und dachte darüber nach, wie er es anstellen sollte, Miss Brightling ausfindig zu machen.

Darüber würde er sich morgen den Kopf zermartern, heute Nacht lag etwas Dringenderes an: schlafen.

Daraufhin übermannte ihn der Schlaf an der Kreuzung zweier Gedankengänge.

***

„Ein schöner Morgen." sagte Alex zu sich selbst, als er am nächsten Vormittag aufwachte, denn er war an diesem Morgen besser gelaunt als sonst, des Weiteren war es in der Tat ein schöner Morgen. Er hatte einen neuen Auftrag, der dazu auch eine richtige Herausforderung darstellte. Endlich. Es hatte lange gedauert, bis endlich etwas Wichtigeres auftrat, als entlaufene Hunde, verlegte Halsketten, angeblich bei Schneeballschlachten gefallene und unauffindbare Eheringe zu suchen... Er war ausgeschlafen und konnte klar überlegen, was zu tun wäre.

Zuerst würde er seinen guten Freund Danny Nox aufsuchen, denn davon, wie er Miss Brightling in den unendlichen Weiten finden sollte, hatte er im Moment keinen blassen Schimmer.

Etwas würde ihm vielleicht beim ungezwungenen Gespräch mit Danny einfallen. Also rief er seinen anderen alten Freund Edison an, der Taxifahrer war. Gestern hätte er ihn auch anrufen können, doch er wollte ihn nicht über Gebühr kostenlos in Anspruch nehmen. Er zog sich an und ging in die Küche, um sich einen starken Kaffee zu machen. Er wählte sich eine Tasse mit Muster aus dem Küchenschrank, der das ganze Porzellan beherbergte, bestehend aus drei unterschiedlichen Tassen und drei verschiedenen Tellern. Anschließend warf er die Kaffeemaschine an, doch es kam nicht etwa der erhoffte Kaffeeschwall, sondern Rauchschwaden heraus.

Alex sah ein, dass er sich endlich eine neue Kaffeemaschine zulegen musste; der Zeitpunkt war nicht gerade ungelegen, denn die Anschaffung passte bestimmt in die Spesenabrechnung unter der Rubrik

„Leben rettende Maßnahmen"; doch er schob den Gang in das Kaufhaus auf morgen auf.

Vor seinem Fenster hielt gerade ein Auto an, das sich sehr verdächtig wie Edisons alte Karre anhörte, also stürmte er in den warmen von der Sonne leuchtenden Tag hinaus.

Alex holte tief Luft, was einen Hustenanfall auslöste, denn er wohnte in einem sehr geschäftigen Industrieviertel.

Er stieg in das Taxi. „Hallo, Eddi, wie geht's?" Ein breites Lächeln erhellte das Gesicht des Freundes. „Danke, sehr gut, und dir? Wo geht's hin?" Alex ließ sich gern durch diese Fröhlichkeit anstecken und lächelte auch breit. „Jameson Street." eröffnete er und klappte die Beifahrertür zu. „Dauert nicht lange", sagte Eddi und setzte das Auto in Bewegung für die wenigen Straßen und Kreuzungen. Während der Fahrt, die er ausnahmsweise später tatsächlich bezahlen könnte, überlegte Alex, ob dieses Taxi bei höherer Geschwindigkeit auseinander brechen würde. Schon waren sie da, und er bat, auf ihn zu warten. „Eddi ist ein feiner Kerl." dachte er. Edison schuldete ihm ein paar Gefallen und machte es mit Freude wett.

Lange wollte der Detektiv hier nicht verweilen, vielleicht würde ihm Danny einen Tipp geben, wie er eine solche Suche anfangen konnte, wo er suchen könnte, oder... kein falscher Vorwand, Alex liebte es einfach, den Tag in einer Bar anzufangen. In dieser besonders, die man betrat, indem man ein Metallschild beiseite schob, der lapidar und für den Laien etwas verwirrend 'Zur Bar' lautete, ein Name, der Alex immer wieder bedenklich stimmte.

Abgestandene Luft, kalter Tabak von der Nacht, für ihn war dies die beste Bar, die es überhaupt gab. Ein paar verweilende, nicht Vertrauen erweckende Gestalten saßen an den Tischen.

Eine ganz normale heruntergekommene Bar eben. Er ging zu einer hageren Gestalt in langem braunem Mantel an die Theke hinüber „Hallo, Danny!" und klopfte dem Kneipenpfeiler auf die Schulter. Danny drehte sich nicht zu ihm, er starrte auf sein Glas, in dem eine braune Flüssigkeit vage an Bier erinnerte.

„Wieder in deinen Gedanken vertieft? Dann..." die Worte blieben Alex im Hals stecken, denn Danny, der nie sehr gesund aussah, sah dieses Mal richtig krank aus, womit vielleicht das Veilchen am rechten Auge etwas zu tun hatte.

„Was ist mit dir passiert?" fragte er besorgt; Danny sah ihn an, wollte etwas sagen, ließ es doch sein und drückte Alex einen Zettel in die Hand. Dann drehte er sich auf dem Absatz um und ging ohne Worte weg.

Das war etwas ganz Neues, wobei Danny ganz genau wusste, dass der Ermittler ihn immer wieder gern auf ein Bier einlud. Es lag ihm normalerweise fern, sich vor einem gespendeten Drink zu drücken. Alex war unschlüssig, ob er ihm nachlaufen und nach dem Hergang des Veilchens fragen sollte.

Er ließ es doch sein und sah sich den Zettel genauer an, den ihm Danny gegeben hatte. Darauf stand 'Earl Street 24 13 78'. Der Straßenname ging klar, aber was hatten die Zahlen zu bedeuten...

Alex ging wieder heraus und stieg in das Taxi. Er nannte die Straße. Edison fuhr los.

***

Während der ganzen Fahrt wechselten sie kein Wort, der Eine achtete auf den Straßenverkehr, der Andere grübelte darüber, warum Danny sich so sang- und klanglos verdrückt hatte und hoffte auf eine Antwort an der gekritzelten Adresse, an der sie bald hielten.

„Alles in Ordnung?" fragte Edison. „Ja, schon gut." antwortete sein Freund, Edison hörte trotzdem den verstimmten Unterton heraus.

„Eddi, du bist mir wirklich eine Hilfe."

„Klar doch, und wir sind noch immer nicht quitt." sagte Edison mit breitem Lächeln. Alex stieg aus, Eddi startete, der Detektiv schaute ihm dankbar nach.

Alex betrachtete das Gebäude von außen, es sah aus wie ein gewöhnliches Wohnhaus, ein Schild wies jedoch in goldenen Lettern unerwartet auf „Private

DocumentBank". Alex trat in das Gebäude, es gab tatsächlich eine große Bankhalle, mit Marmor-Säulengesäumt sogar, und ein Schalter „Rezeption", an dem er zunächst stehen blieb.

„Guten Tag, was kann ich für Sie tun?" fragte die Empfangsdame.

„Guten Tag, ich habe hier alles auf einem Zettel." erwiderte er und zeigte ihr die Notiz. Sie setzte ihr schönstes einstudiertes Lächeln auf: „Es ist sicherlich ein Schließfach, bitte haben Sie Geduld, Sie werden gleich bedient."

Es klang für ihn ärgerlich perfekt, wie eine Tonträger-Ansage, er nickte nur zustimmend, und die Frau verschwand in den hinteren Raum.

Wenige Minuten später stand sie wieder so frisch gebügelt vor ihm wie zuvor und hielt ihm einen Koffer entgegen „Das hier wurde fürSie hinterlegt. Einen schönen Tag wünsche ich Ihnen."

„Einen schönen Tag wünsche ich Ihnen auch." sagte Alex, aber die werte Dame war schon im nächsten Gespräch vertieft und nahm ihn nicht weiter wahr.

Also ging er hinaus in den warmen Tag und fragte sich, wer wohl etwas für ihn hinterlegt haben könnte. Alle Menschen, die ihm einfielen, hätten ihm sicherlich den Koffer persönlich ausgehändigt.

Alex freute sich, dass er jetzt zu Fuß gehen musste, das verschaffte ihm die Möglichkeit, Ruhe in seine

Gedanken zu bringen. Er wanderte erst ziellos, bis er bemerkte, dass er auf dem Weg zu seiner Wohnung gelandet war. Alex ging in eine kleine Snackbar und bestellte sich den Kaffee, den er seit frühmorgens vermisste. So würde er alle seine Gelüste befriedigen, die Gier nach Kaffee und die Neugierde nach dem Koffer.

Er stellte sich an einen der Tische draußen, die für rauchende Gäste und Sonnenanbeter standen, und öffnete den Koffer neben der Kaffeetasse. Der Inhalt war sehr verwirrend. Er hielt in den Händen nacheinander einige Notizbücher voll von Zahlenreihen, aus denen er sich keinen Reim machen konnte.

Zuletzt öffnete er ein Etui aus teurem Krokodil-Leder. Darin befand sich eine Compact Disc, eine ganz gewöhnliche CD, wie man sie überall im Supermarkt kaufen kann; nicht einmal ein Markenartikel. Es war darauf ein winziger Aufkleber, auf dem in winziger Schrift stand 'Samantha Brightling, Overside Road 11'.

Alex schüttelte den Kopf, die ganze Sache erinnerte ihn an eine Schnitzeljagd, und trotz dem Gebot des Ernstes machte es ihm jetzt richtig Spaß.

Es ließ die Hoffnung zu, dass der Fall sich nicht als der einer jungen Frau entpuppen würde, die sich in den Urlaub begeben hatte und schlichtweg vergessen hatte, ihren Verwandten eine Postkarte mit Strandkörben zu schicken.

Hoffentlich steckte sogar mehr dahinter als zunächst angenommen, dachte der Kaffeetrinker genüsslich.

Das kurze Frühstück hatte gut getan, er legte zwei von seinen allerletzten Dollar auf den Tisch und suchte ein Taxi.

Als eins auf sein Winken hin anhielt, erlebte er einige Schrecksekunden, doch nein, es war nicht der gestrige Fahrer, und als er die Adresse nannte, pfiff der mit Bewunderung „Sie müssen aber ganz schön viel Geld haben. Sie sehen eigentlich nicht gerade so aus", aber der Fahrgast ließ sich nicht aus der Ruhe bringen, würdigte ihn mit keinem Wort und war höchstwahrscheinlich ein Fachmann in Sachen Baumrinden, denn er schien geradezu versessen in der Betrachtung der Bäume am Straßenrand der Fahrstrecke.

Er bezahlte ohne Wort und ohne Trinkgeld, der Taxifahrer machte sich murrend auf den Weg.

***

Nun stand unser Mann mit dem Koffer da, vor ihm war so etwas wie ein Jahreshotel für Reiche. Er ging hinein, der 'Nachtschalter' war besetzt, obwohl es schon oder noch Vormittag war, ein junger Mann an der Rezeption, etwa zwanzigjährig, antwortete auf seine Frage, ob Miss Brightling im Hause sei, nachdem er beflissen in den Büchern gelesen hatte: „Miss Brightling gehört zu unseren Gästen seit bereits sechs Monaten." Er betonte beide letztere Wörter so bedeutungsvoll, dass kein Zweifel darüber aufkommen konnte, dass Miss Brightling richtig und immer Geld hatte.

Alex machte sich wie empfohlen auf dem Weg zum „Zimmer 12", und merkte in der ersten Etage gleich, dass es nur zwei Zimmer gab, was bedeutete, dass ein Gast, welcher sich hier in ein „Zimmer" einquartierte eigentlich genug Geld hätte, um genauso gut die ganze Etage zu mieten.

Alex benutzte den ersten Türklopfer in Form einer Hand aus Messing und hörte, wie Schritte sich der Tür näherten.

Die Tür ging ruckartig auf, ein großer Mann in seidenemHausmantel wedelte mit der Hand „Sorry, mein Herr, ich gebe keine Autogramme, dafür müssen Sie sich bis zur nächsten Lesung gedulden." und machte die Tür wieder zu.

„Wohl die falsche Tür." stellte Alex fest, der Jüngling an der Rezeption hatte ihn vielleicht angeführt; zu Scherzen war er aber nicht aufgelegt. Er klopfte an der anderen Tür, und es herrschte lange tiefe Stille, bis die Tür in der Angel quietschend langsam aufging.

Jeder Mensch hat genug spannende Filme gesehen, um in dieser Situation mit allem zu rechnen; mit einem Messer wedelnden Irren oder so...

Es passierte nichts, wer auch immer die Tür aufgemacht hatte, brauchte anscheinend kein Licht, denn gähnende Schwärze breitete sich hinter der gähnenden Tür.

Alex rang sich dazu durch hineinzugehen, die lauwarme Temperatur war ihm sehr angenehm, er tastete die Wand nach einem Lichtschalter, den er auch fand. Er betätigte ihn und beleuchtete eine stilvoll eingerichtete Wohnung mit Marmor-Boden und warmem, dunkelbraun geöltem Eichenholz an zwei Wänden.

Alex fand sehr viel Gefallen an dieser Wohnung, nur ein Detail wirkte sich störend auf ihn aus, eine Kleinigkeit. Vielleicht war es einfach die Frau, die ihm eine Pistole mit milchigem Perlmutt-Griff an die Schläfe hielt.

2

Außer diesem weißlichen Requisit hatte er an ihr nichts auszusetzen, ihre grün-braunen Augen sahen ihn forsch aus einem mit kastanienbraunen Haaren umgebenen Gesicht an.

„Wer sind Sie, und was haben Sie hier zu suchen?" Nur ungern gab der Befragte unter Drohung Auskunft.

„Ich... ich heiße Alex, Alex Steffens, Privatdetektiv, Ihr Onkel hat mich beauftragt, Sie zu finden." sagte er und versuchte,wenigstens ein wenig aus der Schusslinie zu weichen.

Miss Brightiling schüttelte den Kopf „Jetzt schicken die mir Miet-Bullen hinterher..." Der Detektiv sah sie direkt in die braunen Augen „Wer denn... ,die'?"Ihr Blick war ein Cocktail halb Verachtung halb Mitleid „Sie wissen es nicht einmal?" Alex verneinte mit dem Kopf.

„Das ist eine lange Geschichte, warum sollte ich sie gerade Ihnen erzählen...?" Alex zuckte mit den Schultern; er sprach nicht gern, wenn man eine Waffe auf ihn richtete.

Sie sah kurz aus dem Fenster hinaus. „Dachte es mir schon... Sie sind nur der Köder..." In diesem Augenblick hatte er ein „DéjàVu", konnte es aber in seinem Gedächtnis nicht orten.

Sie machte das Hinterfenster auf und fing an, die Feuerleiter hinunter zu klettern, Alex schlug Wurzeln an. „Hey, kommen Sie, oder wollen Sie erschossen werden...?" Er überlegte, ob es als Drohung zu verstehen war, denn schließlich hatte sie eine Schusswaffe. Wie es auch gemeint sein mochte, es schien ihm in jedem Fall ratsam, sich an ihre Fersen zu heften, und er lief ihr wie ein Schoßhund hinterher.

Fragen und Antworten... hoffentlich würde er die Zeit dafür erleben. Sie waren bald in der Hintergasse bei den Mülltonnen. „Ich kann ihnen später alles erklären." beantwortete sie seine unausgesprochene Frage. „Steht Ihr Auto irgendwo?"

Er schüttelte den Kopf.

„Dann haben wir ein Problem." unterrichtete sie ihn völlig überflüssig. Sie spähte um die Ecke und stieß leise aus „Ich habe es geahnt!"

Das schlug Alex nur für eine Sekunde die Stimme zurück „Was?", denn „Pssst!" kam aus ihrem Mund geschossen. Also beugte er sich vor, um selbst zu sehen; kaum einen Augenblick, denn sie stieß ihn unsanft zurück.

Er hatte gerade noch den Onkel entdeckt, wie er kerzengerade die Eingangspforte wacker betrat, und Verwunderung ließ ihn wiederholt verstummen. „Jetzt ist keine Zeit für Erklärungen" flüsterte sie und fing unvermittelt an, in der Gasse wegzulaufen, und nach einer Schrecksekunde lief er ihr hinterher, ohne zu wissen, warum er sich gerade der Person anschloss, die ihn vor gar nicht langer Zeit eine Pistole vorgehalten hatte, statt über die wiedererlangte Freiheit in die andere Richtung zu frohlocken.

Doch die Antwort lag auf der Hand: er hatte, was er so sehr gewünscht hatte, er hatte ein Abenteuer...

Sie hielten irgendwo an, ziemlich außer Atem. „Wo wohnen Sie?", fragte sie ihn und hielt sich zur Linderung der Atmungsschmerzen die Hand in die Rippengegend. Alex trotzte erst ihrem Blick, dann gab er resigniert und ohne Fragen „In der Easton Road" zu. Sie winkte das erste Taxi zu sich, das in Sicht kam, stieg in seiner Begleitung ein und gab dem Fahrer die Anweisung, in die Easton Road zu fahren. Sie sagten sich während der ganzen Fahrt beharrlich nichts. An der Kreuzung hielt der Fahrer und richtete seine Forderung an ihn „Macht vier Dollar fünfzig!". „Ich?" fragte Alex kläglich.

„Klar, Mann, oder soll Ihre Lady bezahlen?" fragte der Fahrer vorwurfsvoll, und Miss Brightling schmiegte sich zur Schau lächelnd leicht an ihn, so dass er peinlich berührt bezahlte, wenn auch ungern.

Sie machten sich auf den kurzen Fußweg. „Ich habe kein Geld bei mir." erklärte Miss Brightling ohne Entschuldigung. „Dann hätten Sie kein Taxi rufen sollen!" platzte Alex nach diesen Aufregungen. „Wo liegt das Problem? Sie hatten ja genug dabei." antwortete sie sichtlich unbekümmert darüber.

„Ich werde Ihnen alles erklären. Bei einem Kaffee."

„Ich habe keinen Kaffee!" fiel ihm laut ein.

„Dann bin ich auf Ihre Hütte gespannt, Wilder!" grinste sie.

***

Als sie in der Wohnung waren, bat sie umein Glas Wasser, ohne auf seinen Verdruss zu achten. Er bot ihr einen Stuhl in der Küche an.

„Sie schulden mir eine Erklärung."

„Schon gut möglich" gab sie beschwichtigend zu.

„Zuerst... Ich heiße Samantha Pykins." Der Detektiv hob eine Braue und ließ sie nicht aussprechen. „Sie sind nicht Miss Brightling?" „Das will ich Ihnen gerade erklären... Es begann vor sechs Monaten. Ich arbeitete bei einer Müllentsorgungsfirma. Ja, ich war Müllfrau. Es war nicht mein Traumjob. Klar? Es war eine sehr gut bezahlte Arbeit, und ich war in Team mit jemandem... mit jemandem, den ich sehr gern mochte. Es war ein ganz gewöhnlicher Arbeitstag. Wir haben in einem Park die Mülleimer geleert, es gehörte zu den Aufgaben. Es gab keine besonderen Vorkommnisse, und dann fanden wir im zweiten oder dritten Mülleimer etwas; es sah nicht nach Müll aus; es war eine kleine Ledertasche, und darin war eine CD.

Es war kein Name daran, und ich hatte schon immer ein Faible für Geheimnisse. Ich habe ihn überredet – Gareth – die CD zu überprüfen. Er ist Computer-Experte... Ja, auch er war kein geborener Müllmann... Er war nicht begeistert, hätte das Ding am liebsten entsorgt, aber ich hatte ihn darum gebeten." Samantha traten die Tränen in die Augen, Alex dachte kurz, sie würde weinen, doch sie beherrschte sich und fuhr in ihrer Erzählung fort. „Entschuldigung." sagte sie, es war ihr offensichtlich peinlich.

„Das macht nichts." entgegnete er ermutigend. „Nach unserer Tour zogen wir uns in Gareths Werkstatt zurück, er arbeitete dort nebenbei." Da schluchzte Samantha und brach dann doch in Tränen aus.

Sie verbarg ihr Gesicht hinter ihren Händen, Alex reichte ihr ein Blatt aus der Küchenrolle und rückte seinen Stuhl näher an sie heran, in dem unbeholfenen Versuch, sie zu trösten. Er legte eine Hand auf ihre Schulter und blieb einfach so sitzen.

Sie sprach bald weiter „Wir waren in Gareths Werkstatt, die auch eigentlich seine Wohnung war, der Wohnbereich war unterteilt. Ich platzte vor Neugierde und drängte.

Endlich legte er die CD in sein Computer-Laufwerk, aber sie war verschlüsselt, er sagte, nur ein ‚außergewöhnlich guter' Fachmann würde sie entschlüsseln können, damit meinte er sich, aber es würde Zeit in Anspruch nehmen. Also machte ich es mir im Wohnbereich vor dem Fernseher gemütlich, denn er war der Experte, ich dagegen hatte von alledem keine Ahnung. Es wurde spät, und ich wollte ihm gerade sagen, dass ich verzichtete, als er „Heureka" rief, und ich lief zu ihm. Es waren Zahlenreihen auf dem Bildschirm, an denen wir nichts verstanden. Aber da kam etwas Besonderes: Eine Kontonummer, die Anweisung, um das Geld mit Hilfe der Diskette verfügbar zu machen... Geld ist dabei schon Untertreibung... Es war eine große Summe... Eine sehr große Summe... Eine horrende Summe... Ein Vermögen. Ich sage Ihnen, wie viel es war. Zwanzig Millionen herrenlose Dollar. Unsere zwanzig Millionen. Wir konnten unser Glück nicht fassen. Wir entschieden, auf einer einsamen Insel mitten im Ozean Urlaub zu machen, wir taumelten vor Glück, wir jubelten..." Wieder musste Samantha ihre Tränen wischen.

„Ich ging nach Hause, sozusagen um meine Koffer zu packen. Ich ließ die CD bei ihm, so viel Vertrauen hatten wir in einander. Wir wollten am nächsten Morgen die Arbeit schwänzen, das Geld holen, es uns brüderlich teilen... Ich ging ins Bett und schlief im Glücksrausch ein."

Wieder musste sich Samantha unterbrechen, um ihre Gedanken und Gefühle zu fassen. „Ich stand auf, so glücklich wie noch nie. Ich machte den Fernseher als Tonkulisse an, während ich mir Frühstück zubereitete. Ich blätterte hin und her in den Programmen, es lief nichts besonderes, und ich ließ die Nachrichten laufen, denn ich erkannte gerade den Stadtteil, wo Gareth wohnte, es wurde über einen Brand in der Nähe berichtet, aber meine Gedanken waren anderweitig beschäftigt.

Plötzlich gefror mir das Blut in den Adern, und die Welt blieb stehen: es war kein Brandfall in der Nähe von Gareths Werkstatt, sondern direktin seiner Werkstatt..." Miss „Brightling" fing wieder an zu weinen, und ihr Zuhörer verharrte im stummen Verständnis, fast in Bewunderung für die Kraft dieser so zierlichen Person. Sie atmete tief durch. „Ich sprang ins Auto und fuhr Hals über Kopf zu Gareths Werkstatt, genauer zu dem, was davon übrig war.".Sie überspielte ihre Traurigkeit mit einem müden Lächeln.

„Es war eine Ruine, alles voller Ruß, alles roch verkohlt, vor wenigen Stunden war ich da gewesen, voller Glück, jetzt war es ein Schutthaufen, und ich geisterte dadurch, ging ins verwüstete Arbeitszimmer, konnte die Überreste des Schreibtisches ausmachen…

„Hey Lady" klang plötzlich eine raue Männerstimme hinter mir, und als ich mich umdrehte, sah ich einen Polizisten, der mich mit strengem Blick beobachtete „hier ist kein guter Ort für Sie. Was haben Sie überhaupt hier zu suchen?"Ich war nicht in der Lage zu antworten, er schien etwas zu ahnen.

„Es gab einen Brand, der Typ wurde schwer verletzt ins Krankenhaus gebracht." Meine Gedanken und Herzschläge überschlugen sich „Wohin?". Er sah mich fast verständnisvoll an „Ich glaube… es ist die 'Hope Emergency'. Kennen Sie es?" Ich stotterte einen Dank und eilte zur nächsten Telefonzelle. Ich fand die Nummer im Telefonbuch und rief dort an.

Eine kühle doch freundliche Stimme meldete sich, ich fragte, ob ein Mister Daniels eingeliefert worden sei. Die Frau ließ mich kurz warten, die Stille war unerträglich. Sie meldete sich wieder und bestätigte die Einlieferung. Ich fuhr sofort zum Krankenhaus und lief zur Anmeldung. Ich fragte nach Mister Gareth Daniels. Die Frau an der Anmeldung erkannte meine Stimme, ich ihre; wir hatten miteinander telefoniert.

„Wie geht es ihm?" fragte ich in großer Sorge. Die Frau sah mich unentschlossen an „Sind Sie mit Mister Daniels verwandt? Sonst darf ich Ihnen leider keine Information geben." Ich überlegte mir meine Antwort rasant gut. Genau genommen war ich mit Gareth nicht verwandt. Andererseits kannten wir uns schon sehr lange, und wir waren schon seit langem eng befreundet, wir waren für einander sozusagen Familienersatz...

„Ja, ich bin mit ihm verwandt. Wie geht es ihm?" Die Frau sah mir ganz tief in die Augen „Ich verstehe. Ich muss Ihnen leider mitteilen, dass Mister Daniels heute Vormittag um neun Uhr dreißig an den Folgen seiner Verbrennungen gestorben ist."

Mein Herz fiel in einen Abgrund, ich hielt mich am Aufnahmeschalter fest. Es konnte nicht wahr sein, es durfte nicht wahr sein, ich wehrte mich dagegen, und dabei weinte ich und weinte ich. Ich hörte nicht mehr auf. Und ich war sicher, es war ein Anschlag gewesen. Und bald weinte ich nicht mehr nur aus Verzweiflung sondern auch aus Wut, bald auch aus wilder Entschlossenheit: Ich würde den Mörder finden. Es musste sein, was immer auch geschah. Er würde dafür bezahlen.

Denn eins wusste ich unerschütterlich: Gareth war immer sehr umsichtig, ein Brandunfall war ausgeschlossen; es war Mord. Später wischte ich mir die Tränen aus dem Gesicht und fuhr zurück zur inzwischen verlassenen Werkstatt. Gareth hatte noch in meiner Gegenwart die CD versteckt, und zwar in einem Schlupfloch unter einer losen Diele im ‚Wohnzimmer'; außer uns beiden konnte das niemand wissen. Ich ging also zum Versteck und hatte richtig vermutet, die Metalldose war nicht gefunden worden, sie lag noch da, und darin die CD in ihrem Etui. Ich nahm sie und gab mir nicht die Mühe, den Fund zu vertuschen, indem ich den Schlupfwinkel verbarg; der Missetäter, wenn er wiederkommen wollte, sollte ruhig erfahren, dass er einen unnötigen Mord begangen hatte, dass jemand ihm für die CD zuvorgekommen war. Ich ging in ein Cyberspace, denn ich hatte keinen Computer und wollte mir die CD nochmals ansehen. Ich meldete mich für eine Stunde im Internet an und setzte mich an einen freien Platz.

Ich legte die CD ein und gab den Code an, den Gareth herausgefunden und mir aufgeschrieben hatte. Wieder erschienen die Zahlenreihen und, so sehr ich auch spähte, sonst nichts, was wir am Tag zuvor hätten übersehen können. Ich zog die Disk heraus, bezahlte die Nutzungsgebühr und verließ den Ort. Ich stieg wieder in mein Auto und fuhr nach Hause.

Wie ich sicher ankam, ist mir heute noch schleierhaft, denn ich konnte nicht auf den Straßenverkehr achten, musste weinen, musste mir immer wiederholen, dass Gareth tot war; Gareth, den ich seit der Schulzeit kannte; Gareth, mit dem die miese Arbeit erträglich gewesen war; Gareth, der in der Freizeit immer zur Verfügung stand, und für wen ich da war. In meinem

Leben klaffte ein Loch auf, abgrundtief, düster... Ich stand bald vor meiner Wohnung.

Es ist wirklich meine, sie gehört mir. Die drei Treppen war ich wohl in Trance hinaufgegangen und stand da. Es war seltsam:Die Tür war aufgebrochen worden, sie ging bei der ersten Berührung auf, und ich blieb draußen stehen. War Gareth's Mörder auf meiner Spur?"

„Was haben Sie dann getan?" fragte Alex.

„Ich weiß nicht, ob ich Sekunden oder Minuten ratlos gestanden habe. Nach einer Weile trat ich vorsichtig in die Wohnung, langsam; ich fand leicht den Lichtschalter und machte das Licht an, Verwüstung kam zum Vorschein, jemand hatte etwas gesucht und dabei ziemlich alles klein geschlagen.

„Keine Bewegung!" hörte ich die rauchige Stimme eines Mannes sagen. Ich drehte mich langsam um, ein Unbekannter hielt eine Pistole auf mich gerichtet und mahnte mich, mit einem Zeigefinger auf seinem Mund und dann auf seiner Pistole, zum Schweigen.

„Wir wollen nicht, dass das ganze Haus erfährt, dass ich hier bin... oder?" fragte die rauchige Stimme.

„Was wollen Sie von mir? Wer sind Sie?" stieß ich aus.

„Niemand", war seine Antwort „Und ‚Niemand' wird Ihnen drei Fragen stellen und sollten Sie auch nur einmal falsch darauf antworten, wird ‚Niemand' Sie mit der Pistole berichtigen.

Dann brachte er gemütlich einen Schalldämpfer an."

„Ich bezweifelte nicht seine Kaltblütigkeit undstimmte nur mit einem Nicken zu. „Woher haben Sie die CD?" fragte der Riese mit der geheimnisvollen Stimme, „Ich will nur wissen, ob ich Sie auf meine Liste setzen kann."

„Wissen Sie es denn nicht…? Aus einer Mülltonne." Ein Grinsen breitete sich auf seinem Gesicht aus „Sehr originell… Was wissen Sie noch?" Auch da konnte ich ohne Bedenken wahrheitsgemäß antworten „Hand aufs Herz: Gar nichts." „Und wo ist die CD jetzt?" wollte er wissen. „In meiner Tasche." entgegnete ich. Daraufhin forderte er die CD, und ich führte ganz langsam meine Hand in Richtung Tasche. Mir war klar, er würde mich vielleicht töten, so bald er die CD bekommen hätte, und ich sah mich kaum merklich um. Dabei fiel mein Blick auf den Aschenbecher, den ich persönlich zur Schlüsselaufbewahrung zweckentfremdet habe, da eine Gravur in roten Lettern darauf mich warnt „Rauchen kann tödlich sein."; aber gelegentliche Gäste sind unverbesserlich. Ich tat also, als ob ich die CD mit einer leichten Körperwendung herausholen wollte und schnappte nach dem Kippen-Klotz, den ich in einem Sekundenbruchteil dem Mann an die Schläfe schleuderte. Es gab ein dumpfes Geräusch, und ich floh ohne mich umzusehen, ich rannte einfach so schnell wie möglich weg, ich rannte so lange wie möglich fort… Mit dem Auto wäre ich schneller gewesen, es war mir nicht eingefallen, und jetzt fand ich es auch besser, denn man hätte mich leichter gefunden. Ich beschloss, unterzutauchen, und dafür öffnete ich ein neues Konto und überwies mein ganzes Geld darauf. Ich suchte mir ein Zimmer, nahm eins, was ich mir sonst hätte nie leisten können, man würde mich Müllfrau dort nie vermuten."

„Diese Suite, in der ich sie aufgespürt habe?" fragte der Detektiv.

„Ja. Plötzlich stehen Sie vor meiner Tür. Ich musste annehmen, dass mein Versteck aufgeflogen ist." Jetzt verstand Alex, warum sie ihn mit gezogener Pistole empfangen hatte. „Jetzt habe ich Sie in die Sache so weit eingeweiht, nennen Sie mich Sam."

Für einen Ermittler war es ein Volltreffer, aber die Frage blieb unklar, wie sie aus der Sache herauskommen würden. „Ich bin Alex." sagte er ihr und hielt ihr die Hand, die sie ergriff, entgegen „Schön, Alex, was dagegen, wenn ich hier wohnen bleibe?" Da traf ihn der sprichwörtliche Blitz: Gangster, Millionen, Pistolen, Lebensgefahr... Und nun auch noch eine Mitbewohnerin... das Leben war manchmal zu hart.

In einem Geistesblitz, einem Genie gleich, ließ er sich also einfallen „Äh...", was Samantha wohl als Willkommen deutete, denn sie erklärte, dass sie ein Bad nehmen wollte, und der junge Mann überlegte kurz, ob sie nicht in ihrer Wohnung genau so gut aufgehoben wäre. Doch auf eine Debatte darüber wollte er sich jedenfalls nicht einlassen. Er hatte schon wenige Male in seinem Leben so grundlegende Diskussionen mit Frauen gehabt, die weibliche Logik hatte ihn jedes Mal in die Irre geführt, und dieses Mal könnte es bestenfalls mit einem Wohnungstausch enden. In sein Büro würde er für eine ganze Weile nicht zurückgehen können, das war ihm leider klar. Also rettete er sein ‚Reich' und ging ... ins Bett.

***

Er wachte am nächsten Sonnenaufgang unter dem Eindruck auf, beobachtet zu werden, und so war es auch. Am Fußende saß Sam, das überraschte ihn sehr, und nach einem leisen Morgengruß teilte sie ihm vorwurfsvoll mit „Ich musste mich für eine Nacht mit der Polsterbank zufrieden geben. Jetzt steh auf, wir müssen gleich los." Ihr Ton ertrug keine Widerrede, er stand mit Unwille auf, ging ins Bad, und bevor er sich besinnen konnte, saß er neben ihr in einem Taxi, um „eine gute Freundin von mir zu besuchen". Dort wollte Samantha die CD holen. In diesem Zusammenhang fiel dem Detektiv ein, dass er die CD gestern in der Wohnung in der Overside Road vergessen hatte, was er ihr sagte. Sie konnte nicht verstehen, wie er in den Besitz einer zweiten CD gekommen war, und wie diese überhaupt zu ihrer Visitenkarte werden konnte, denn sie hatte sich in ihrem Versteck unter einem Decknamen bekannt gemacht. Beide vertieften sich in ihren Gedanken, der Detektiv wäre am liebsten eingeschlafen, doch die junge Frau ließ es nicht zu.

Bald hielt das Taxi an ihrer Bestimmung, das ‚Tropicale', in dem nur die Temperatur tropisch war. Ein älterer Ober mit Livree kam ihnen entgegen und fragte, ob sie einen Tisch reserviert hatten. Samantha verneinte und erklärte, sie wolle zu Miss Carter, sie sei eine gute Bekannte. Der betagte Ober entschuldigte sich damit, dass er jung hier war und lud sie ein, ihm zu folgen. Sie gingen einen Gang lang, an dem verschiedene Gästeräume mit Spielen angeschlossen waren. In so einem Hinterzimmer lag ein Mann und schlief tief und fest auf einem Billardtisch, da fiel Alex ein uraltes Zitat ein, das in etwa so lautete: „Ein Billardtisch... Mein Königreich für einen Billardtisch."

***

Sie wurden in einen geräumigen und luxuriös eingerichteten Raum geführt, eine Blondine saß am Schreibtisch und arbeitete am Computer. Sie unterbrach sich mit einer freudigen Begrüßung: „Sam! Wir haben uns eine Ewigkeit nicht gesehen! Wie geht es dir? Sie stand aus ihrem schwarzen Ledersessel auf und ging auf sie zu. „Leicht übertrieben, es sind erst genau zwei

Wochen her, und ich hatte enorm viel zu tun.", gab Sam zu und umarmte die Frau. Beiläufig stellte sie ihren Begleiter mit „Alex" vor, und die Freundin streckte ihm mit einem reizenden Lächeln die Hand entgegen „Angenehm. Ich bin Julia.". Sie erklärte Sam, dass sie sich ausgiebig mit der CD befasst hatte, aber das meiste sei noch unbegreiflich. „Du möchtest sie wohl heute wieder mitnehmen?!..." Sam entspannte sich.

„Ich käme damit ohne dich sowieso nicht klar.", und sie lächelte zum ersten Mal, seitdem sie angekommen war. Julia lächelte auch ausgelassen: „Stimmt! Was kann ich Euch anbieten?" Alex taute auf: „Für mich bitte…", Sam unterbrach ihn jäh: „Wir müssen sofort wieder weg." Alex verbot seinen angriffslustigen Blick nicht und schwieg. „Ich habe darin noch nichts entdeckt, was du nicht schon weißt. Aber ich rufe dich an, wenn ich den Durchblick habe." „Ich habe jetzt aber eine neue Nummer.", erklärte Sam.

„Wie kommt das?" fragte Julia. Alex öffnete den Mund, und Sam fiel ihm ein weiteres Mal ins Wort „Ich wohne jetzt bei ihm." und ergänzte auf das Grinsen der Freundin hin: „Es ist nicht, wie du denkst, aber es ist eine zu lange Geschichte." Sie lief leicht rot an, und Julia neckte sie: „Ihr würdet aber ein schönes Paar abgeben.". Sam reagierte leicht gereizt: „Wenn es alles ist, machen wir uns auf den Weg. Einverstanden, Alex?" Die Frage klang eher wie eine Drohung, Alex nickte hastig und empfahl sich, die beiden Frauen nahmen Abschied, und wenige Minuten später saßen die beiden Verschwörer schon wieder in einem Taxi, dieses Mal auf dem Weg zum ‚Chez Alex.', erneut in beharrlichem Schweigen gehüllt. Dort angekommen machte Alex alle Anstalten, ins Bett zu gehen. Da er zu seiner Überraschung von Sam in keiner Weise daran gehindert wurde, fasste er sein unsagbares Glück beim Schweif und schlummerte auf seinem Bett so hingebungsvoll wie auf einem Billardtisch ein.

3

Sein Name ist Jack, kaum jemand nennt ihn so, kaum jemand weiß es überhaupt. Unauffälligkeit ist seine Stärke, er bleibt gern im Schatten des Systems, Geheimnis heißt sein Beruf, Anonymität seine Bestimmung, Schweigen sein Kodex. Er tötet gegen Bargeld. Keine Leidenschaft, ein Job. Outlaw seit früher geblieben, von allen Seiten verwendet dann verraten, er führt Aufträge aus und kann seinen Auftraggebern nie vertrauen. Er ist leise, präzise, effektiv.

***

Steward nennen alle nur „Steve", er ist das „Mädchen für alles" bei einem großen Fisch, der sang- und klanglos bezahlt.

Das war für ihn und seinen Bruder auch der einzige Grund, eben diesen Job zu nehmen. Es ist jetzt anders. Es geht jetzt für Steve nur noch um seinen Bruder.

Er war mit Jason in einem Vorort-Slum aufgewachsen, es wirkte auf Bewerbungsschreiben nicht gerade vertrauenerweckend. Aber der Hauswirt verlangte pünktlich die Miete, die Stromversorgung blieb oft aus, und sie wollten nicht auf den Irrweg der Jugend-Verbrecherbande. „Fisch" hatte einmal Jason für einen kleinen Job angeheuert, es war zu seiner Zufriedenheit erledigt worden und mündete in ein Arbeitsverhältnis für die Gebrüder. Fortan konnten sie ihren Lebensunterhalt bestreiten und hatten die alten Schulden beglichen, sie mussten ihre Einkäufe im Laden an der Ecke nicht mehr anschreiben lassen, sie fühlten sich endlich der Gesellschaft zugehörig. Irgendwann lief ihnen das Geld leicht aus den Fingern, und sie wollten auf die Annehmlichkeiten nicht mehr verzichten. Sie hatten sich nach und nach auf Überfälle spezialisiert, erst Tankstellen und Tante-Emma-Läden. Nach und nach hatten sie sich auf anspruchsvollere Raubüberfälle aufgemacht und plünderten Villen und andere Anwesen. Ihr Rest Anstand hätte ihnen verboten, Menschen aus ihrer Nachbarschaft um ihr armseliges Hab und Gut zu bringen, die in verhasstem Wohlstand Lebenden dagegen konnten ihrer Meinung nach den Verlust verschmerzen. Sie gingen gut gerüstet in die vornehmsten Gegenden auf die Reise und wurden zu Experten in Sachen Alarmanlagen und anderen Sicherheitssystem-Steuerungen. Steve war in „seinem" Viertel zu schnell erwachsen geworden, hatte sich sehr früh Respekt verschaffen müssen. Er war sehr beliebt gewesen und hatte immer seinen kleinen Bruder mitgenommen, wenn er um die Häuser zog. Nun verhalfen die beiden hin und wieder einen Freund zu einem schnell verdienten Geld. Keiner von ihnen allen interessierte sich für diese vermeintlich gelangweilten Reichen, die man wohl für ihre Misere verantwortlich machte. Das Diebesgut belastete keinen von ihnen. So konnten Steve und Jason gegebenenfalls bei guten Freunden den Boss markieren. Genau das wurde ihr Verhängnis, sie weihten auch mal den Falschen ein, und prompt wurden sie verraten.

***

Steve und Jason wussten nicht, ob sie wirklich von Glück reden konnten: Jericho hielt sie schon lange für Meisterdiebe, nun hatte er den Beweis, da sie ausgerechnet gerade seine Villa ausgeräumt hatten, die er bisher für so sicher wie ein Kreditinstitut gehalten hatte. Daher machte ihnen „Fisch", der bisher seinen bürgerlichen Namen hatte vor ihnen verschweigen können und nun vor seinen gestürzten Jericho-Sicherheitsgemäuern stand, ein Angebot. Sie hätten ablehnen können und wären den echten Barschen zugeworfen worden.

Keiner von beiden war ein Einstein, sie konnten sich trotzdem beide ausrechnen, dass sie sich mit Beton an den Füßen nicht schnell genug retten könnten. So kam es, dass sie zu guter Letzt bei „Fisch" am falschen Ende der Angelschnur hingen und für ihn ans Werk gehen mussten. Die Selbständigkeit war vorbei. Jericho bewegte sich in den besten Kreisen und sorgte für fette Beute, die er ihnen abnahm. Nach Begutachtung zahlte er gleich und ausreichend „Provision", sie konnten sich ab diesem Zeitpunkt einen angenehmeren Lebensstil leisten...

Genauso war es gewesen...

Steve lag nun auf dem Bett ausgestreckt in diesem Hotelzimmer und blickte gedankenverloren zum rotierenden Ventilator an der Decke. Minuten vergingen, oder auch Stunden, Steve hätte es nicht mit Sicherheit sagen können. Der gestrige Abend verlief immer wieder vor seinen geistigen Augen.

***

Gestern. 19 Uhr. „Eine Margarita, eine Coke, Chips." bestellte Steve in den Hörer, und die gelangweilte Stimme am anderen Ende der Verbindung fragte: „Curry, Chili, Käse?". Steve drehte sich zum Bruder um: „Was für eine Soße möchtest Du, Jason?" „Für Dich immer noch „Jay" wandte Jason ein, und Steward drehte wie mit einem wehleidigen Kind die Augen, weil ihn Jason noch im erwachsenen Alter bis hin zur Verkürzung des Vornamen imitierte. „Käse." sagte

Jason, bevor Steve eine Bemerkung machen konnte; die Stimme vom Bestellservice hatte es gehört und bestätigte. „Für mich war es Pizza Hawaii mit extra Käse und auch Coke.", die Stimme im Hörer wies ihn zurecht: „Sie müssen nicht alles wiederholen, Papagei, war schon notiert... Kommt in 'ner halben Stunde." und legte auf. Steve holte hörbar Luft, der Tag war anstrengend gewesen.

„Komm her, ich mache dich kalt." rief Jason und setzte sich vor den Fernseher. Steve setzte sich gönnerhaft neben ihn, um das Videospiel fortzusetzen, womit sie sich stundenlang unterhielten. Steve mochte anfangs solche Spiele nicht und hatte sich von Jason nur mitreißen lassen, der Eifer hatte ihn inzwischen aber auch selbst gepackt. Eine Stunde verging, und der Pizza-Lieferant klingelte an der Tür. Jason speicherte den Spielstand, während Steve zur Tür ging und öffnete. Ein Junge stand vor ihm, er mochte etwa achtzehn sein und war eher schmächtig. „Endlich!" scherzte Steve „Wir sind schon am Verhungern." Der Junge spähte ängstlich um sich und in das Zimmer. „Vorsicht ist die Mutter der Porzellankiste." scherzte Steve weiter. „Hab' schon abgedrehte Sachen erlebt." erwiderte der Junge, ohne die Verwunderung von Steve weiter zu beachten. „Macht sechsundzwanzig fünfzig." Steve rundete auf dreißig Dollar auf, der Junge schien um zehn Zentimeter zu

wachsen und strahlte „Danke, schönen Tag noch, Sir."
Steve schloss die Tür...

***

Steve beobachtete weiter den Ventilator an der Decke
und lag darunter auf dem Bett...

***

Gestern 20 Uhr: Steve brachte das „Abendmahl" zum
Couchtisch und setzte sich neben Jay, der noch mit
seinen „Spielsachen" hantierte. Kurz darauf hatten sie
sich die Portionen geteilt und wollten endlich essen. Das
Telefon klingelte. „Habe die Hände voll.", gab Jason
vor, und Steve nahm das Gespräch an, denn er wusste,
höchstens eine Explosion könnte seinen Bruder vom
Fernsehen abhalten, wenn er einmal davor saß und aß.
Das Telefon hing an einer Wandvorrichtung, so konnte
Steve trotzdem fernsehen. „Steve?" ertönte im Hörer.
„Ja, Mister Jericho."
„Ich habe einen Auftrag.", die Stimme klang wie
immer wie im Tran. „Ich höre.", gab Steve genauso
gefühllos, wie „Fisch" es bevorzugte, und beendete nach
den Anweisungen das Gespräch: „Ich rufe Sie an."
Steve ging zurück zum Zweisitzer, Jason bemerkte
trotz eifrigem Essen, dass sein Bruder besorgt war.

Bevor er seinen Mund erneut mit einem Stück Pizza stopfte, fragte er ihn danach.

„Es geht um eine Villa, wir müssen Papiere und eine CD-ROM holen.", meinte Steve nachdenklich, der Bruder freute sich um diese verhältnismäßig leichte Aufgabe. „Wir wollten aussteigen, wir waren uns einig." warnte Steve, Jason zuckte leicht mit den Schultern: "Dann ist dies eben unser letzter Auftrag." Sie hatten etwas Geld gespart und wollten ein ehrliches Leben führen, einen legalen Job suchen, auf der Sonnenseite des Lebens schreiten. Doch Jetzt hatte Jericho eine riesige Belohnung genannt, das wäre ein verblüffendes Startkapital, das sie wirklich weiterbringen würde... Sie aßen und sahen dabei in Ruhe fern. Dann lehnte sich Steve satt zurück: „Der letzte Auftrag. Der wirklich allerletzte. Sicher?".

„Was auch kommen mag.", versicherte Jason mit erhobener Faust. Steve tat ihm gleich, und sie schlugen ein, ein Zeichen ihrer Gemeinschaft, eine Trophäe aus der Zeit, in der sie Seite an Seite „gegen die ganze Welt" des Ghettos ankämpfen mussten, manchmal mit Verbündeten, manchmal blutig, bereit, notfalls zusammen zu sterben. „Dieses letzte Mal noch."...

***

Im Hotelzimmer wurde es langsam dunkler, und noch immer drehte der Ventilator seine Kreise wie ein Geier über den regungslosen jungen Mann auf dem Bett, und mit ihm kreisten auch dessen Gedanken...

***

Gestern Nacht: Da waren sie. Das Anwesen aus weißlichem Gestein, das Tor versperrte Unbefugten den Zutritt zur Allee, die zur Villa führte. Die Stäbe des Tors ragten in Form von Lanzen in den nächtlichen Himmel, und sie hatten keine Eile. Jericho hatte ihnen nämlich ausführlich mitgeteilt, wo und wie sie was zu tun hatten, und der Bewohner der Villa war auf einer Geschäftsreise. Sie ließen sich alle Zeit, die Frequenz des Mechanismus für das Tor zu orten, und es öffnete bald lautlos seine beiden Flügel wie in einer stummen Einladung. Das eigentliche Problem war das umfangreiche Gewirr an Beobachtungskameras und anderen Sicherheitsvorrichtungen, die sie finden und außer Gefecht setzen mussten. Zum Glück hatte der Boss sie mit ausführlichen Bauplänen des Gebäudes ausgerüstet, und niemand in der Nachbarschaft würde Verdacht schöpfen, da sie anscheinend mit dem Schlüssel in das Anwesen gedrungen waren. Sie näherten sich der Villa mit Verwunderung über die große Sorgfalt, von der sie zeugte. Der Rasen war tadellos gemäht und nur hier und da mit Inseln aus seltenen Blumen unterbrochen. An der Allee entlang wiesen geschmackvolle Statuen aus hellem Marmor dem Besucher den Weg aus im Mondschein hell leuchtenden Kieselsteinen bis zur Eingangstür. Der Besitzer musste über alle Maßen wohlhabend sein und erwies sich auch noch als Ästhet. Die beiden Brüder empfanden zum ersten Mal so etwas wie Respekt oder Anerkennung für eins ihrer Opfer und waren beim Gedanken erleichtert, aus dieser Idylle nicht einmal ein einziges Kleinod mitgehen lassen zu müssen. Nicht einmal Geld. Die Frage, ob Papiere und CD diese Werte überstiegen mochten, streiften sie als unnötiges Ballast ab, das Sümmchen, das Jericho anbot, war so hübsch und viel versprechend wie die Eingangspforte, vor der sie gerade Halt machten. Sie untersuchten sie nach versteckten Mechanismen. Sie entdeckten eine Sicherheitsvorrichtung, nicht mehr als ein Schalter, die mit der Drehung des Schlüssels im Schloss zusammenhing. Es war im Grunde kein Problem für Jay, den Steve gern „Brain Bug" nannte, denn solche Vorrichtungen kamen immer bei den Reichen erst knapp vor dem Gegenmittel bei den Einbrechern an. Es war nur notwendig, mit einem Schaum dem Schloss vorzutäuschen, dass der Schlüssel vorhanden war und benutzt wurde. Ein Zusatzgerät spielte die Rolle des vermeintlichen Schlüssels und trickste das System auf einfacher Weise aus, von einem Ingenieur erfunden, der eine eilige Kundschaft brauchte, an die er diese und andere Spielereien in einem Laden anbot, in dem sich auch ohne unbequeme Fragen ein ganzes Arsenal organisieren ließ. Ein Accessoire mit Erfolgsgarantie, erneut bewährt, und bald stand den beiden ungebetenen Besuchern die Tür offen. Nach kurzen Sätzen in Gebärde gingen sie an das vermeintliche Vergnügen hinein.

Der Anblick verschlug ihnen fast den Atem, die Eingangshalle hatte einen Boden aus Marmor, und eine Marmor-Treppe führte nach oben. Um die Halle öffneten sich Türen zu Räumen, in denen man Schätze und Kunstwerke erahnen konnte. „Ich habe Lust, erst einen Rundgang zu machen." sagte Jason endlich, aber Steve war der Ansicht, sie sollten die bestellten Objekte an sich nehmen und sofort verschwinden, sie seien nicht als Touristen da. „Irgendetwas stimmt nicht, wir müssen aufpassen." Der kleine Bruder nannte ihn scherzhaft paranoid, doch das klamme Gefühl verließ Steve nicht, und er zögerte, um endlich die geschwungene Treppe hinauf zu gehen, die sich im ersten Stock in zwei zueinander laufenden Treppen zu einem zweiten Stock teilten. Laut Jericho war die CD dort zu suchen. Die Vorhänge der Zimmer waren zugezogen, sie machten sich beide mit Taschenlampen Licht und mussten bei dem Anblick pfeifen, der sich ihnen bot, denn jedes

Detail wies auf den fein erlesenen Geschmack des abwesenden Bewohners hin. „Wenn wir dem Fisch seine Gräten bringen, sind wir fast reich. Vielleicht kommen wir auf diesen rätselhaften Typ zurück.", grinste Steve, und die beiden scherzten kurz miteinander, bevor sie sich wie auf dem Plan beschrieben nach rechts bewegten. Jason hatte bei diesen Nacht- und Nebelaktionen immer einen feschen Spruch, gar einen Witz parat, aber Steve hielt immerzu den Kurs; doch heute hatte er sichtlich Freude. Der Ort des Geschehens gefiel ihm außerordentlich, und er genoss es, zumal es der allerletzte Coup war.

Steve ergriff die geschwungene vergoldete Türklinke, so eine würde er sich kaufen, und öffnete die Tür.

Der Raum war als Arbeitszimmer eingerichtet, doch genauso ästhetisch und mit Liebe zum Detail wie die weiteren Zimmer, alles war einfach hübsch, sogar die Bücherreihen an der linken Wand, die auf den Regalen einer Bibliothek adrett standen, die ihr Eichenholz fast bis zur zwei Meter hohen Decke rankte, und hier und da ein Kunstobjekt, eine Schatulle aus Silber, ein Kleinod..., aber die beiden mussten sich mit dem Schreibtisch befassen und dabei das sanft polierte Holz oder andere Einzelheiten außer acht lassen, die Löschblätter und sonstige Utensilien vergessen, die man auf jedem Schreibtisch findet, die oft und gern benutzt werden. „Die Briefumschläge sind mit Seidenfutter.", ließ sich

Jason noch kurz ablenken und beschloss, das Regal angeblich nach versteckten Mechanismen zu untersuchen. Steve ließ ihn gewähren, sein kleiner Bruder hatte immer eine Vorliebe für Bücher gehabt, er wäre sicher unter normalen Umständen ein begnadeter Schüler gewesen. Steve widmete dem Schreibtisch seine ganze Aufmerksamkeit zu, denn er vermutete in diesem Bereich das Gesuchte. Die Papiere auf der Schreibtischplatte waren belanglos, er machte die oberste Schublade auf und blätterte den Inhalt durch, jedoch erfolglos. Jason indessen stöberte in den Büchern herum und schrie auf: „Hey Steve, ich habe 'In achtzig Tagen um die Welt' gefunden!" Steve sah auf seinen Bruder auf, der mit der Taschenlampe die Bücher inspizierte, und runzelte die Stirn. Sie waren gekommen, um zuarbeiten, nicht um zu lesen, doch er schwieg und untersuchte nun die zweite Schublade, die nichts von Interesse beherbergte außer Magazine, die er vielleicht gelesen hätte, wenn sie seine gewesen wären. Jason war inzwischen nebst Taschenlampe einige Tage der achtzig unterwegs und las weiter eifrig aus dem gebundenen Roman, den er zu Hause in einer billigen Taschenbuchausgabe besaß und nie zu Ende gelesen hatte. Steve öffnete gerade die dritte Schublade. Das heißt, er hätte sie sicherlich geöffnet, hätte sie nicht unerwartet Widerstand geleistet. Sie bestand einfach hartnäckig darauf, geschlossen zu bleiben.

„Verschlossen!" sagte Steve als Heureka zu sich selbst, Jason schwebte entrückt in der Montgolfiere in einem fernen Himmel und nahm nichts mehr von seiner Umgebung wahr. Steve holte ihn auf den Villa-Boden zurück: „Ich glaube, ich bin nah daran." Jason erinnerte sich plötzlich an das wahre Leben und bat den Bruder: „Lass dir ruhig Zeit, das Kapitel hat nur noch ein paar Seiten!" Steve verdrehte wortlos die Augen. Das Schloss stellte kein Problem dar, der Mechanismus war leicht zu knacken, und Steve hatte bald den Inhalt der Schublade in den Händen: Papiere verschiedener Arten, doch nicht das, was sie suchten, und eine kleine Ledertasche, wie ein Etui, das er öffnete. Es war eine CD darin, sie passte in seine Handfläche, und es war ohne Zweifel die CD, die Jericho ihm beschrieben hatte. „Jay, ich habe die CD." Jay sah auf „Das Kapitel ist auch zu Ende." Steve bedankte sich für die große Hilfe und beschloss, dass sie sofort gehen sollten.

Jason ging also zur Tür und öffnete sie. Er wollte gerade über die Schwelle und hielt plötzlich inne: „Dumm von mir!" murmelte er und sah nach oben, und Steve erstarrte auch. „Steve, ich habe einen Fehler gemacht. Wir sind gekommen und haben die Tür hinter uns zugemacht. Damit ist ein Mechanismus aktiviert, der an einem Bewegungsmelder gekoppelt ist. Er hat mich erfasst."

„Was!?", Steve verstand es nicht.

„Es ist sehr neu, ich wusste nicht einmal, dass es schon auf dem Markt ist. Ich kenne das, aber ich habe einfach nicht damit gerechnet... Steve, du musst abhauen! So bald ich mich um nur ein paar Zentimeter bewege, werden sich wahrscheinlich sämtlich Ausgänge verriegeln." Steve sah fassungslos seinen Bruder, vielmehr dessen Rücken an: „Quatsch! Du glaubst doch nicht, dass ich dich hier zurücklasse!" So ruhig und gefasst hatte er seinen Bruder noch nie gehört, als Jason sagte: „Du kannst nichts tun. Du bringst dich am besten erst mal in Sicherheit, ich stehe es schon durch. Bestimmt wird dann auch ein Alarm ausgelöst, der die Polizei benachrichtigt." Steve ließ seine Gedanken rasen: „Du kommst mit, und zwar sofort.", doch Jason ließ sich nicht überreden: „Das tue ich nicht, worauf du dich verlassen kannst. Einer von uns, das bist du, muss unbedingt davonkommen, um den anderen, das bin ich, herauszuholen." Steward versuchte noch ein Weilchen, den Bruder zur Flucht zu überreden, es wurde ihm jedoch langsam klar: Wenigstens er musste entkommen. Jason klang gleichzeitig verärgert und belustigt: „Geh doch endlich!" Steve blickte noch zu seinem Bruder und ging zum Fenster: „Ich hole dich raus, Jason. Versprochen!", und als Jason sich mit „Bis dann!" verabschiedete, öffnete er widerwillig das Fenster und spähte hinaus.

Er hatte gefährlichere Hürden überstanden, er kletterte hinaus und fand Halt auf den Sims. Er blickte noch einmal zu seinem Bruder, der sich lächelnd zu ihm wandte. Sofort nach dieser Bewegung schoben sich dicke Eisenstäbe vor dem Fenster.

Jason hob den Daumen hoch und ging seelenruhig zum Bücherregal, nahm den Roman wieder in die Hand, öffnete ihn und fing an zu lesen, wo er aufgehört hatte.

Steve suchte eine geeignete Stelle und ließ sich fallen und rollen. Er verletzte sich am Bein, aber die gebotene Eile trieb ihn dessen ungeachtet zu seinem Motorrad. Er startete mit wilder Entschlossenheit, mit Schmerz, mit Wut. Er würde Jason herausholen, zu welchem Preis auch immer. Zu welchem Preis auch immer...

***

Steve lag noch immer regungslos auf dem Bett und verfolgte das Rotieren des Ventilators. Er ließ sein Bein ausruhen, das zum Glück nicht gebrochen war. Endlich riss er sich zusammen und wollte aufstehen. Er setzte sich langsam auf und betrachtete die Schwellung. Ein höllischer Schmerz fuhr durch ihn, er hätte schreien können. Gestern war der Schmerz nicht so stark gewesen, als er sich auf seinem Fluchtweg in diese Absteige einquartiert hatte. Er stand mühsam auf, nahm seinen Mantel vom Kleiderhaken und streifte ihn über.

Er öffnete die Tür, ging hinaus und den nach abgestandener Luft und verrauchten Zigaretten stinkenden Flur lang, es war ihm gleichgültig.

Als er in die Eingangshalle ankam, erkannte er hinter dem Tresen den kahlköpfigen Sechziger, der ihm das Zimmer zugewiesen hatte. Er rauchte hingebungsvoll und war noch immer in seiner Zeitschrift vertieft: Wer hierher kam, bezahlte nicht die Übernachtung, er bezahlte die Fragelosigkeit und das prompte Vergessen der Gesichter.

„Volltrottel!" hatte Jericho Steve am Telefon angeschrien, als er zugegeben hatte, dass er die CD aus den Augen gelassen hatte: Er hatte das Päckchen an der vereinbarten Stelle in einem Park abgelegt, da jemand, den Steve nicht kannte, es abholen sollte. Jericho hatte versäumt zu sagen, dass er die CD nicht einmal aus den Augen lassen sollte, wenn die Polizei auftauchen sollte. Überzeugt, die CD in Sicherheit gebracht zu haben, war Steve beim Nähern derselben lieber weggegangen. Zum einen mochte er die Polizei nicht; zum anderen schien sie auf der Suche, und er wollte nicht wissen, nach wem. Er hatte ein Zimmer in einem Hotel genommen, das Jericho und er vereinbart hatten. Dort hatte ihn der Boss angerufen und ihm mitgeteilt, die CD sei unauffindbar. Er war außer sich darüber, dass Steve im Park nicht Schmiere gestanden hatte. Steve war seinerseits darüber aufgebracht, dass Jason geschnappt worden war, Jericho hatte ihm versichert: „Das kriegen wir wieder hin."

***

Es war ein halbes Jahr her.

Steve hatte das Müllabfuhr-Unternehmen ausfindig gemacht.

Er hatte damit gerechnet, dass der Boss seinen Bruder aus dem Gefängnis holen würde.

Er war zu den Verhandlungen gegangen.

Jason wurde zu einer Freiheitsstrafe von fünf Jahren ohne Bewährung verurteilt.

Steve rechnete nicht mehr mit der Hilfe von Jericho, um den Bruder vorzeitig herauszuholen. Er ging zur Müllabfuhr und erfuhr, wer am besagten Tag die Parkreinigung durchgeführt hatte. Lächelnd hatte ihm der Unternehmer einen Job angeboten, ein Angebot für jetzt oder später.

Der Mann war Steve sympathisch.

4

Beim Aufwachen roch Alex frisch gebratene Eier, das machte ihn munter. Er dachte angestrengt darüber nach, wann er zuletzt gebratene Eier gegessen hatte. War es Monate oder vielmehr Jahre her? Er wusste, er hatte immer wieder gebratene Eier machen wollen, aber er war zu müde, oder zu beschäftigt, er hatte keine Eier im Hause, oder keine Butter, oder...

   „Das tut nicht zur Sache", beschloss Alex, und er ging in die Küche, die guten Seiten der Mitbewohnerin zu entdecken. Er entspannte sich bei einer Tasse heiße Schokolade, er hatte ja noch immer keine Kaffeemaschine, und er überlegte, was er als nächstes tun sollte. Sam traf für ihn die Entscheidung: Sie würden ein Auto kaufen, erfuhr er. Alex schüttelte die Blechdose mit dem Haushaltsgeld und verschüttete den trostlosen Inhalt auf den Küchentisch. „Netter Versuch" vermerkte Sam und verwies auf die eigenen Ersparnisse, auf die Erbschaft von der Großmutter, auf ihre finanzielle Unabhängigkeit... blabla... Alex konnte nichts dagegen tun, dass sie Geld für Überflüssiges ausgab, so lange sie nicht übertrieb.

Sie gingen also zum Gebrauchtwagenhändler, und Sam suchte sich ein altes europäisches Fabrikat aus, ein Modell, das ein paar Beulen hatte, wahrscheinlich aus den Wirren der Französischen Revolution. Damit schaffte Sam sogar den Rückweg, und sie kamen rechtzeitig in die Wohnung, um das läutende Telefon zu beruhigen. Eine aufgeregte Frauenstimme klang Alex im Ohr: „Tag Alex, ich habe etwas gefunden, was euch interessieren könnte. Ist Sam zu sprechen?" Sam wollte gerade das Badezimmer für ein Vollbad in Beschlag nehmen, Alex konnte sie noch davon abhalten. Sie kam ans Telefon und schaltete den Lautsprecher ein. „Hallo Sam, ich hoffe nur, ich störe euch nicht gerade bei irgendwas...", der Unterton ließ Sam erröten, und sie beeilte sich, mit Nachdruck nein zu sagen.

„Dann kommt ihr am besten gleich zu mir. Ich habe was für Euch."

Schon nach fünf Minuten fuhren sie im neuen Altwagen zu Julia. Sam benutzte entspannt das Gaspedal, und Alex fand ganz gespannt alte Gebete wieder. Beides verfiel die Wirkung nicht: Sie standen kurz darauf im 'Tropicale', der alte Bedienstete im Frack erwartete sie bereits und begrüßte sie freundlich „Zu Miss Carter, oder irre ich mich?" Sam gab ihm Recht, und er führte sie wieder im Korridor zu Julia, die mit besorgtem Blick von ihrer Arbeit sah und sich erfreut und erleichtert zeigte, die beiden zu sehen. „Setzt euch doch. Was kann ich euch anbieten?" Sam fiel Alex in die Kaffeebestellung ein: „Im Moment nichts, danke. Was hast Du herausgefunden?" Alex setzte sich zu den beiden und wartete, bis ihr alter Azubi hinausgegangen war. „Ich habe an der CD gearbeitet, seitdem ihr gegangen seid. Mit den Zahlen 2 bis 9 wurde ein Code gebildet, jede Zeile verbirgt eine Kombination dieser Zahlen, und wenn man sie zusammensetzt, ergibt es keinen Sinn, aber wenn man jeweils eine bestimmte Zahl von den anderen isoliert, erhält man eine Nummer, immer dieselbe, und es ist eine Kontonummer. Die Bankleitzahl habe ich nicht herausgefunden, es ist auch wahrscheinlich ein Konto in einem dieser Länder, die das Wort Bankgeheimnis in Großbuchstaben schreiben. Was denkst du, Sam?"

„Ich denke, wir haben eine Kontonummer." Julia ergänzte: „Es ist fast unmöglich, die Bankleitzahl zu ermitteln, die zu einem Konto gehört. Es ist fast unmöglich, den Inhaber eines Kontos zu ermitteln. Es ist fast unmöglich, etwas über Geheimkonten zu erfahren. Denn wer über ein solches behütetes Geheimkonto verfügt, lässt sich fast nicht in die Kreditkarten schauen." Sam und Alex schauten verdrießlich Julia an, deren Stirn in leichten Falten fiel. „Naja, ich kenne ein paar Leute. Ich weiß, wer das Konto besitzt." Alex und Sam sprangen vor Aufregung fast auf, Julia fuhr fort: „Sam, du hattest da wirklich kein sehr gutes Händchen, und das mit Gareth ist bestimmt kein Zufall: Das Konto gehört Jérôme Crylincer, einem Mammut, dessen Haare sich überall in der Stadt wiederfinden, wo auch das kleinste illegale Geschäft getrieben wird. Er wird von allen, die ihn kennen oder mit ihm handeln, nur „Mr. Jericho" genannt. Mitunter wird er auch als „The Fish" bezeichnet. Und seine Feinde lässt er nicht zappeln. Sam, du hast ein echtes Problem, denn er beherrscht in unserer Stadt die ganze Unterwelt und besticht die halbe Polizei. Du hast einen guten Engel, da du noch am Leben bist."

Einige Minuten verstrichen in Schweigen, dann lehnte sich Samantha auf: „Falls du meinst, ich soll klein beigeben und ihm seine CD zurückkommen lassen, dann bist du auf dem Holzweg."

„Es wäre aber vielleicht das klügste.", warf Julia ein, aber Sam ließ sich nicht darauf ein „Niemals!". Julia schüttelte den Kopf: „Du hattest schon immer Talent, dich in Schwierigkeiten zu bringen. Ich hatte immer Talent, dir auf dieser Bahn zu folgen. Ich helfe dir."

Sie blieben eine Weile sitzen, alle drei folgten dem Lauf ihrer Gedanken. Dann erschien wieder das Glitzern in Julias Augen, das Alex schon am ersten Tag aufgefallen war, sie lächelte und erklärte: „Wir sind schon ein komischer Haufen." Auf Sams Frage, wie man jetzt die weiteren Rätsel lösen könnte, hatte sie auch schon eine gute Antwort parat. „Ich konnte nicht nur den Kontoinhaber ermitteln, das Geld gehört ihm nicht einmal... Aber von wem es stammt, blieb sogar dem kühnsten Hacker verborgen...". Für Samantha war dieser Erfolg jedoch riesig, und sie lobte die „Künstlerin". Allen drei war jedoch klar, dass sie auf einem Vulkan tanzten, und dass jeder Schritt ein Fauxpas sein könnte. Sie würden vorsichtig sein und sich gegenseitig auf dem Laufenden halten, so viel war klar.

***

Später, als sie bei Alex eine Tasse Tee tranken, fragte Samantha unvermittelt: „Was hat dein Informant eigentlich mit dieser Sache zu tun?" Ihn traf die Frage wie Schuppen auf der Kopfhaut, und er war ziemlich ratlos. Sein Treffen mit Danny hatte vor Jahrhunderten stattgefunden, inzwischen hatte er ganz vergessen, dass der ihn auf die richtige Fährte gebracht hatte, noch bevor er ihn darum bitten konnte. Er musste ihm ganz dringend einen Besuch abstatten. „Die Autoschlüssel sind in deinem Aschenbecher.", kündigte Sam an, „Ich bleibe besser hier, schließlich kennt er mich nicht und würde in meiner Gegenwart vielleicht nur schweigen." Also fuhr Alex los. Er hätte seit ewiger Zeit nach Dannys Adresse fragen können. Er kannte sie nicht. Er vertraute einfach darauf, dass er zu seiner Stammtheke zurückkehren würde. Für Alex war das Fahren abermals eine Herausforderung, er musste sich plötzlich auf den Straßenverkehr einstellen und entdeckte plötzlich tückische Einbahnen, wo doch sonst nur glatte Mitfahrt war. Bald konnte er das Fahrzeug an den Bordstein parken und die Kneipentür mit abblätternder Farbe aufmachen. Wie erhofft stand Danny zum Glück an der Theke vor seinem Glas mit dem nicht zu identifizierenden Gebräu. Als Pendant zum Amen in der Kirche war ihm diese Erscheinung allemal sicher. Alex klopfte auf die Schulter vom langen Ledermantel, die Gestalt drehte sich zu ihm um. „Hallo Danny, wie geht's?"

„Hallo, schön dich wieder zu sehen." gab Danny als Antwort darauf. Alex war unbehaglich zumute, als er überlegte, dass das blaue Auge irgendwie auf sein Konto ging. Zum Glück sah es schon nicht mehr ganz so schlimm aus. „Ich meinte, geht es Dir besser?"

„Ach, so was haut mich nicht um." gab der Stammgast bedeutungsvoll zu und starrte auffällig auf sein Glas. „Soll ich indirekt dafür bezahlen?" scherzte Alex. „Nein, ich erpresse dich nur." scherzte Danny zurück. Also bestellte Alex ein frisches Bier und sah Danny geduldig zu, wie der die Farbe im Gegenlicht begutachtete, die überschäumende Blume mit einem Bierdeckel abstreifte, wie er das Glas genüsslich an die Lippen brachte und einen riesige Schluck zu sich nahm, den Schaum von der Oberlippe mit dem Handrücken wischte, den nächsten

Schluck Frischgezapftes genoss... „Endlich wieder Vernünftiges. Ich sehe schon, du willst hören, was ich weiß, und ich will danach wissen, was du weißt." und genehmigte sich noch einen ruhigen Schluck. Und seufzte überspielt. „Es war einmal... Ich war seelenruhig auf dem Weg hierher, als jemand zu mir rief ‚Hey, du! Komm her, ich habe was für dich.' Rein instinktiv griff ich zu meiner Brieftasche, aber dann fiel mir ein, dass ich meine Schulden gerade vor einer Woche bezahlt hatte, die meisten jedenfalls. Wie sollte ich also erfahren, was es mit dem Zurufen auf sich hatte, wenn ich dem nicht folgte. Ich ging langsamen Schrittes und dachte angestrengt nach, denn es wollte mir unter den bekannten Gesichtern niemand einfallen, der sich in einer dunklen Gasse verstecken müsste, um mich anzusprechen. Und dunkel war es dort, obwohl es erst Spätnachmittag war, denn zwei Häuserreihen spielten Sonnenbrille. Ich also hin. Ich hörte einen, der wohl in einem Hauseingang spähte, ‚Ja, du, komm hierher, du sollst etwas für mich erledigen', und streckte die Hand aus, um mich zu ihm zu winken. Ich fragte, ‚Was denn', und versuchte dabei misstrauisch, den zur Hand gehörenden Körper zu sehen, er aber blieb verborgen. Die Stimme sagte also, wenn sie mir alles erklären würde, hätte ich plötzlich ein Problem am Hals, das mich gar nichts angeht. ‚Ich kann mich vertcidigen' behauptete ich mit fester Stimme. Ich hörte die Stimme kichern und dann sagen ‚Das glaube ich gern‘. Und dann löste sich eine Person aus dem Versteck, ein Mann stand nicht weit von mir, und ich blieb stehen. Die Hand ging in die Brusttasche vom Anzug und holte... einen Zettel heraus. Der war etwa ein Meter achtzig, der Mann. ‚Stelle keine Frage, und das gibst du bitte Alex‘, er hat wirklich ‚bitte‘ gesagt. Ich fragte, woher er dich kennt, er sah mich ruhig an und sagte ‚unwichtig‘. Ich versuchte, im Halbdunkel den Zettel zu lesen, aber es gelang mir nicht. Da ich mich von diesem Kerl nicht direkt bedroht fühlte, machte ich kehrt. Doch nach zweiSchritten drehte ich mich um ‚Und wer sind...‘ der war spurlos verschwunden, ich konnte meine Frage nicht beenden, ich suchte mit Blicken und konnte mir keinen Reim daraus machen. Ich steckte den Zettel für dich ein und setzte meinen Weg zur Bar fort.

Ich wollte schnell einkehren und auf dich warten, schon war meine Hand an der Tür..., die mir direkt entgegenkam und gegen meinen Kopf donnerte. Ein Riese kam zum Vorschein ‚Kannst du nicht aufpassen‘ fragte er, und ich ging auf die Provokation nicht ein, um ...ihn nicht zu verletzen.“

„Um ihn nicht zu verletzen...? Und ich habe mir schon ausgemalt, du bist zusammengeschlagen worden...“

„Bei meinen Kampfkünsten... Jemand hätte dem einen Krankenwagen bestellt...“

Alex musste herzhaft lachen „Jetzt bin ich dran mit dem Erzählen. Abgemacht ist abgemacht."

***

Danny pfiff anerkennend. „Schöne Sache, in die du dich geritten hast. Ob ich Rat wüsste...". Doch dann erwähnte er nachdenklich „jemanden", den er kannte, der möglicherweise helfen könnte; die Bemerkung war nicht richtig an Alex gerichtet, es war mehr ein lautes Nachdenken, während dieser das Bier genoss, das er sich selbst zur Erzählung des Freundes bestellt hatte. Am liebsten hätte er ihn aus der Geschichte gehalten, aber es ließ sich beim jetzigen Stand der Dinge nicht vermeiden, dass sie beide die Geschehnisse steuern mussten, wenn sie es nur könnten, gemeinsam wie schon so oft, aber dieses Mal machte sich Alex ernsthaft Sorgen.

5

Er war ein guter Polizist. Er war ehrlich. Er hatte den jahrelangen Versuchungen widerstanden, die Erfolg und Geld versprechenden heimtückischen Bestechungen ignoriert, hatte trotzdem Erfolg, und Respekt dazu.

Sein früherer Partner hatte es nicht geschafft. Sie waren beide jung, das Pflaster war hart. Sie waren bei der Drogenfahndung, es gab kein Extrageld... Doch der Partner hatte bald ein neues Auto, eine goldene Uhr, teure Anzüge... Es verschwanden sporadisch Drogen aus dem Lager, der mysteriöse Dieb wurde nicht gefasst... Mit seinem Partner war er ein Stern und eine Pflicht... Dann starb eine Minderjährige, ein junges hübsches Mädchen voller Zukunftspläne. Es wurde ermittelt. Erschwerend kam hinzu, dass es sich um die nichts ahnende Tochter eines berüchtigten Verbrechers handelte, die einfach nur mit schlechten Freunden unterwegs gewesen war. Das Zeug, was sie getötet hatte, war von der Polizei konfisziert worden und auf unbegreiflicher Weise zurück auf die Straßen gelangt. Zwei Geldgierige, ein unschuldiges Opfer. Der unglückselige Vater fand heraus, was der Polizei entgangen war, und damit fand die Partnerschaft ein jähes und schmerzliches Ende.

Da er in der Schießerei verletzt worden war, konnte er nicht zur Beerdigung des vermeintlich guten Partners gehen. Er hatte später eine Blume aufs Grab gelegt. Ein Abschied war es, das Ende der Illusion einer Freundschaft. Jetzt hatte er einen Partner mit einem süßen und offenkundigen Geheimnis: Seine Eltern hatten ihm offensichtlich Donuts in die Wiege gelegt, weswegen er erst beteuerte, er müsse endlich abnehmen, wenn die Bäckerei abends schloss.

„Dring Dring" der Wecker neben Wallys Kopf riss ihn unerbittlich aus seinen Träumen. Da ihm kein guter Grund einfiel, einen freien Tag zu nehmen, dachte er vor dem Aufstehen über den gestrigen Abend nach. Ein jahrelang gesuchter Fälscher war ihm gestern ins Netz gegangen, und das hatten sie gefeiert. Für ihn roch die Sache nach Beförderung, froh setzte er sich aufs Bett, der Schädel brummte, und er fragte sich was ‚Donut' ihm für Cocktails gemischt hatte. Er zog den Schluss, dass die größte Gefahr bei seiner Arbeit die Barmixer-Kunst von Georgi sei. Er ging ins Badezimmer und versuchte, mit kaltem Wasser den Kater zu vertreiben, der sich auf seinem Gesicht streckte,„Guten Tag, Leutnant, wie geht es uns heute?" Und mit Baryton antwortete er zu seinem Spiegelbild „Danke, wunderbar,

Chief!" Er fand sich selbst zu albern und empfahl sich, erwachsen zu werden und sich erst einmal zu rasieren. Er war bald auch richtig ansehnlich und steckte seine Pistole im Hosenbund seiner Jeans. Er sagte sich zum erneuten Mal, es entspricht nicht der vorgeschriebenen Kleidung, aber Disziplinlosigkeit hatte er inzwischen zur Perfektion gebracht. Er streifte seinen Blouson über und überprüfte im Spiegel neben der Eingangstür seine „Uniform". Er fand, sie saß perfekt, er vergewisserte sich, dass er seinen Schlüssel bei sich trug und ging aus der Wohnung, ließ die Tür einfach zufallen, schloss nicht ab, stellte sich die theoretische Frage, wer dumm genug wäre, um bei einem Polizisten einzubrechen.

Er setzte sich in sein Auto und fuhr einige Meter zu einem Haufen Kinder, die versuchten einen Hydranten zu knacken. Er mahnte sie, sie fragten belustigt, ob er sie verhaften wollte, er antwortete, er sei erst auf der Suche nach einem geeigneten Gefängnis. Der kleine James fragte ihn, ob er so etwas „zu seiner Zeit" nicht getan hätte, er antwortete, „seine Zeit" liege so weit zurück, dass er nicht mehr ganz sicher sein konnte. Er startete belustigt das Auto, die Kinder winkten ihm zum Abschied, er machte sich auf den Weg zur Arbeit.

Bald parkte er auf dem Polizeiparkplatz. Er ging ins Gebäude und grüßte Marge, die „Morgen" zum Echo gab, ohne auch nur einen Augenblick die Augen vom Roman zu wenden, in dem sie so vertieft war, dass sie ihn eigentlich gar nicht hätte wahrnehmen sollen. Er ignorierte die Absperrung für das Publikum und kam in die kleine Dienstküche. „Guten Morgen, Mister Divine." erklang es aus der Ecke, in der Georgi Kaffee trank und einen Donut verputzte. „Wann machst du Schluss mit den Donuts?"

„Ich konnte für heute nicht mehr rechtzeitig abbestellen." rechtfertigte sich der Kollege. Wally lächelte und holte sich ein Glas Wasser. „Übrigens, Wal, Anderson will mit dir sprechen. Hast du den Bericht?" Nein, er hatte den Bericht natürlich nicht geschrieben und würde sich vom cholerischen Chef eine ganze Predigt anhören müssen. Schließlich habe wenigstens der eine Frau und Kinder, eine eigene zehnjährige Tochter, also in wenigen Jahren erwachsen, und diesen „Kindergarten" hier. Als er angefangen habe, da sei es anders gewesen, die Leute hatten noch Disziplin und gestärkte Hemden. Die wüssten heutzutage nicht einmal mehr, was „gestärkt" bedeutet, es seien sowieso alle Halbstarken. Gott sei dank, es sei in diesem Revier nicht mehr als diese B-Mannschaft notwendig, alle zwei Jahre einen Einbruch und sonst nichts, dabei hätte er eine so tolle Karriere machen können, als Fußballer versteht sich, und... Wal klopfte an die Tür und trat wie ihm gerufen herein. „Haben Sie den Bericht?", und Wal musste nicht einmal Antwort geben, um zu antworten. „Ich brauche aber den Bericht gestern! Verstehen Sie?"

Damit endete erstaunlicherweise das Urwald-Geschrei. „Ich habe einen neuen Fall für Sie." sagte Anderson.

6

„Verstehe." sagte Sam und nahm einen Schluck Kaffee zu sich. „Deswegen will Jericho diese CD um jeden Preis." Julia nickte, sie war am Telefon kurz angebunden und hatte Sam dringend zu sich gerufen. Sam war viel gelöster, denn Alex stand gerade nicht unter Begutachtung der Freundin, da er gerade seinen Informanten aufsuchte. „Sieh mal, auf der CD sind reihenweise Kontobestände sorgfältig aufgelistet, die von „Geschäftspartnern" des Fisches zeugen. Aus allen Kreisen der Gesellschaft: Sowohl Anwälte wie Angeklagte sind da vertreten, Politiker, Polizisten... Auf seiner Gehaltsliste so oder so..." Welche Geschäfte kann er wohl mit diesen Leuten treiben?", überlegte Sam laut. „Die Einen unterstützt er in ihren Wahlkampagnen zum Beispiel, die Anderen für die Angabe von falschen Beweisen, andere wiederum um echte Beweise verschwinden zu lassen... Wie auch immer, er hat sie alle in der Hand, diese CD ist nur ein Nachweis dafür..." Sam runzelte die Stirn, Julia pfiff verächtlich. „Wenn ihr damıt an die Öffentlichkeit geht, geht das ‚Establishment' baden. Mit dieser Scheibe kann man fast jeden erpressen, und Jericho tut das sicherlich auch da und dort. Aber wenn der Inhalt publik wird, gerät die Stadtordnung aus den Fugen." Sam sank in sich. Die CD war Macht, war Verantwortung. „Was bedeuten die zwanzig Millionen?" Julia fächelte sich Luft ums Gesicht mit der CD-Hülle „Wird wohl das Sparschwein sein." Sie legte die CD hinein und reichte sie Sam: „Kommt ihr beide auch wirklich ohne mich zu Recht?"

„Sicher, Julia. Wie kann ich dir jemals genug danken. Du hast dich für mich ganz schön weit aus dem Fenster gelehnt. Alles, worauf es ankommt, hast du heraus. Wie ich mich jetzt auch entscheiden mag, du wirst es erfahren; aber halte dich jetzt, ich bitte dich, aus der Sache heraus."

***

Als Sam den Schlüssel ins Schloss drehte, bemerkte sie sofort, dass es nicht mehr abgeschlossen war, denn Alex war bereits zurück und saß auf dem Hocker am Tisch. „Ich muss unbedingt mit dir reden, ich habe interessante Neuigkeiten." Aber Alex ließ sich nicht aus der Ruhe bringen und leckte genüsslich den kleinen Löffel ab, mit dem er sich gerade rote Masse aufs Brot geschmiert hatte. Er holte aus der Tischschublade einen sauberen Löffel heraus und hielt ihn Sam entgegen, die ihre Jacke auf die Stuhllehne gehängt und Platz genommen hatte.

Sie legte den Löffel achtlos neben dem Glas Konfitüre; zwischen zwei Bissen fragte Alex gleichgültig nach den Nachrichten und kaute weiter genüsslich: „Erdbeere... Isst du nie?"

„Ich war bei Julia."

„Das erklärt wohl alles. Und?!..." Sam plapperte drauf los, sie war aufgeregt, sie war erstaunt, sie war wütend, sie war unentschlossen, sie war entschieden, in ihrer Erzählung spiegelte sich der Widerspruch ihrer Gedanken wieder und die Schlüsse, die dieEntdeckung durch Julia zuließen.

***

„Das ergibt einen Sinn.", sagte Alex. Er legte sein Brot auf den Tisch ohne Tischdecke und sah Sam leicht gedankenverloren an. „Sicher, wir könnten ihn der Justiz ausliefern, der Polizei, der Öffentlichkeit... Ich sprach mit Danny, auch er hatte einen guten Vorschlag." „Und der wäre...?" fragte Sam ungeduldig. Alex nahm wieder die belegte Brotscheibe in die Hand und betrachtete sie aufmerksam. „Vielleicht sollten wir die CD einfach zurückgeben.", und er biss in das Brot. Sam verschlug es die Sprache lange genug dafür, dass Alex die Stolle aufessen konnte. Er holte eine zweite Scheibe aus der Packung „Das kann doch nicht dein Ernst sein!" unterbrach ihn Sam. „Gareth wurde deswegen umgebracht. Ich wurde fast umgebracht. Du wärst meinetwegen rücksichtslos geopfert worden. Wir sind auf der Spur einer Bosheit sondergleichen. Und du willst einfach aufgeben. Du verlangst von mir aufzugeben?!... Wir geben ihm die CD in die Hand, und er kommt davon!?..." Alex machte den Mund zur Antwort auf, Sam fiel ihm ins Wort: „Iss dein Erdbeerbrot! Du machst, was du willst, aber erwarte nicht das gleiche von mir. Ich mache nicht mit!" Sie war außer sich, Tränen liefen auf ihren Wangen, sie wischte sich davon das Kinn. Sie war aufgestanden, sie hatte halb gebückt gesprochen, nun stellte sie sich plötzlich aufrecht, schnappte sich ihre Jacke von der Stuhllehne und ging aus der Küche. Alex stand sofort auf und ging ihr hinterher. „Ich gehe!" sagte sie ihm und zog ihreJacke im Gehen an. Alex packte sie am Arm fest „Warte doch.", doch sie riss sich los. „Geh du dich in deine Detektei verkriechen, lass mich in Ruhe!" und weg war sie aus der Tür.

7

„Nein, ich sagte schon, es ist nicht möglich." Die Sekretärin wurde ungeduldig. Der Anrufer ging ihr mit seiner Hartnäckigkeit ganz schön auf die Nerven. „Wie ich sagte, Sie bekommen keinen Ärger, im Gegenteil, er wird sich über meinen Anruf sehr freuen.", sagte er aufdringlich.Sie versuchte ihn weiterhin zu verdrängen, aber sie hatte selbst Zweifel. Was wäre, wenn der Anruf wirklich wichtig und erfreulich für den Boss wäre. Es war ihre zweite Woche amEmpfang, es war Montag. Am Ende der ersten Woche, am Freitag also, hatte sie eine Abmahnung bekommen. Für einen Fehler aus Unwissenheit. Ihr war danach, die zweite Woche zu überstehen. Sie fühlte sich zwar ungewohnt im Marken-Cardigan, geschminkt und adrett, aber sie wollte bleiben. Es ist nicht leicht, gleich nach dem Abschluss aus der Sekretariatsschule eine lohnende Stelle zu bekommen, zumal Bewerbungsgespräche eher Bewerberversammlung waren. „Die Geschäftsführung ist in einer Konferenz. Hinterlassen Sie mir bitte Ihre Telefon-Nummer, wir rufen Sie an."

Etwas in der Stimme am Ende der Leitung machte sie unsicher, vielleicht der Klang der Integrität, den sie ausihrer Heimatstadt Fort Myerskannte. „So verbinden Sie mich bitte doch. Der Direktor kann mich gar nicht erreichen, und ich muss ihm unbedingt sprechen. Er muss sofort wissen, was ich ihm berichten will."

„Ich darf ihn nicht stören, ich verliere meinen Job. Wenn die Nachricht so brisant ist, und er kennt Sie, wird er zurückrufen."

„Er kennt mich noch nicht, aber..." Der Satz verlor sich. Miss Parker dachte an die Zeit zurück. Wenige Wochen vorher war sie noch Amy Parker, der Stolz der Nachbarschaft. Keiner wollte sie gern weggehen lassen, die Witwe Lance hatte ihr angeboten, in ihre Großhandlung als Assistentin zu arbeiten. Es würde nicht lange dauern, diese Nachbarin würde in Rente gehen, und sie, Amy Parker, würde Geschäftsführerin... Dumm von ihr, erst in die große weite Welt ausziehen zu wollen und hier eine Null sein, der man nur Befehle und Verbote erteilt. Sie hatte das blanke Gefühl, Sklavin zu sein, „Könnten Sie mir wenigstens einen Anhaltspunkt geben, um die Dringlichkeit ihres Anrufes zu prüfen?", doch sie wusste insgeheim, dass der Unbekannte gewonnen hatte. Sie würde den Anruf weiterleiten. Sie würde den Boss stören. Sie würde seinen Zorn über ihrer maßlosen Unverschämtheit trotzen. Sie würde vielleicht gefeuert. Warum? Weil sie einen Typ an der Strippe hatte, der einfach echt klang. Ein Typ, der sie daran erinnerte, dass Amy Parker außerhalb dieser Firma kein Nichts war. Sie würde einmal die Geschäftsführerin sein und dann gern hören, was so Einer zu sagen hat, anstatt Beleidigungen von Geschäftspartnern ihres Chefs hinnehmen zu müssen. „Hier Blueswroth von Blueswroth&Weird, Ich warte immer noch auf die Telekopie!" und kein Abschiedswort beim Auflegen.

„Bitte, Miss Parker, verbinden Sie mich mit dem Geschäftsführer. Es ist dringend. Und es ist eine gute Nachricht für ihn. Bitte..."

„Ich stelle Sie kurz in die Warteschleife, bleiben Sie bitte dran, ich sehe, was ich tun kann."

„Danke, ich bleibe dran.", und Amy wählte die Nummer Ihres Chefs auf der internen Leitung. „Was denn?" klang es unerfreulich im Hörer. „Jemand möchte Sie auf Leitung Zwei sprechen, Sir."

„Wie war der Name??"

„Er hat etwas Wichtiges für Sie. Seinen Namen weiß ich nicht."

„Was wissen Sie denn überhaupt, Sie Landei? Schmeißen Sie das Gespräch zu mir, dem werde ich schon die Meinung sagen, dann sprechen wir uns beide aus." Wie die Situation auch für sie enden mochte, sie freute sich, als sie den Anruf aus der Warteschleife holte und sagen konnte: „Danke, dass Sie gewartet haben, ich stelle Sie jetzt durch."

„Nichts für Ungut, Sie machen Ihren Job gut. Danke." Es war wie Duftöl auf ihrer Seele, und sie stellte durch.

***

„Sie sollen etwas Interessantes für mich haben?" fragte Jericho im betont neutralen, geschäftsmäßigen Ton. Die Antwort ließ in der Stille sekundenlang auf sich warten. „Guten Tag, Mister Jericho." Der versteifte sich. Die Stimme war ihm unbekannt, der impertinente Tonfall auch. „Wer ist dran?" Die Stimme am anderen Ende ließ eine Spur der Belustigung hören: „Wundern Sie sich, dass ich ihren... Künstlernamen kenne. Es geht um ein geschäftliches Angebot." Jericho wandte sich im großen Drehsessel zur Fensterwand so, als möchte er spähen, aus welchem Fenster gegenüber er beobachtet wird. „Worum geht es?" Der Anrufer genoss sein Inkognito: „Sie vermissen was, ich habe etwas. Es erleichtert die Suche ungemein für Sie. Kommen wir ins Geschäft?" Jericho lachte höhnisch. Die Angelegenheit nahm eine Wendung ganz in seinem Sinne. „Von welcher Größenordnung reden wir?"

„Ich bin Geschäftsmann wie Sie, Herr Jericho, kein Halsabschneider. Sagen wir...eine Zahl...zwanzig Millionen."

„Das ist ja unerhört. Wollen Sie mich in den Ruin treiben? Wer spricht denn da?"

„Herr Jericho, mein Name tut nichts zur Sache. Ich bin Jim, wenn Sie möchten. Ich treibe Sie nicht in den Ruin mit dieser Forderung, ich kenne zufällig ihre Verhältnisse. Im Gegenteil, ich trete als Retter auf. Und Sie als Wohltäter. Sie lösen buchstäblich damit alle meine Probleme." Jericho wurde blass: „Wer sagt, dass ich die Ware bekomme, wenn ich das Geld zahle? Ich kenne nicht einmal ihren Namen. Spielen Sie mit offenen Karten. Ich will wissen, wo, wann, wie. Und ihren Namen." „Ich komme Ihnen einen Schritt entgegen. Wer ich bin, ist unwichtig. Nennen mich ruhig John, wenn es beliebt. Ich werde einen Treffpunkt organisieren. Sie, Herr Jericho, und ich, ein Quidam für Sie. Sie werden von mir gern erfahren, wo. Ich sage Ihnen dann auch, wann. Und das Wie erfahren Sie zu gegebener Zeit von mir. Mein Name?Nennen Sie mich einfach wie jeder. Wir treffen uns, niemand sonst. Meinen Namen werden Sie gleich wieder vergessen. Doch, wenn es Sie beruhigt, nennen Sie mich, wie Sie wollen. Nennen Sie mich wie einen guten Freund. Wie einen Geschäftspartner. Sie bringen das Geld, ich bringe das Kunstwerk. Nennen Sie mich Jim oder John... oder nennen Sie mich schlicht und ergreifend... Danny."

8

„Wirklich?", fragte Steve. „Ja, wirklich, hier ist es gar nicht so schlecht", meinte Jason auf die Frage seines Bruders „Hier ist es wie in der Clique." Steve sah seinen Bruder durch die Glasscheibe besorgt an: „Was für eine Clique?" Jason musste schmunzeln: „Eine Clique von denen, die Jericho übers Ohr gehauen hat. Das halbe Gefängnis. Und die Klamotten erst recht, orangefarben macht schlank...irgendwie. Steve musste schmunzeln, sein Bruder hatte den Humor nicht ganz verloren...FünfJahre Gefängnisstrafe...Ein halbes Jahr war erst abgesessen, Steve kam Woche für Woche, trotz alledem konnte er sich nicht täuschen lassen, Jason schien es, auf die leichte Schulter zu nehmen und es sich „irgendwie" gemütlich zu stimmen, doch Steve wusste, welche Gefahren lauerten, nicht zuletzt von irgendwelchen Handlangern, und die üble Berühmtheit von Jericho war bedenklich. „Kann ich etwas für dich tun?" Jason beugte sich leicht vor: „Zigaretten wären nicht schlecht."

„Du rauchst?" fragte der immerhin irgendwie große Bruder. „Nein", Jason senkte die Stimme „Ich tausche."

Steve nickte zustimmend: „Abgemacht." Schon war die Zeit um, wie das stumme Zeichen vom Wärter zu verstehen gab. „Pass auf dich auf!" gab Steve. „Du auch, und dass mir keine Klage kommt!" scherzte Jason im Weggehen.

Steve prüfte nach, ob er auf der Straße gefolgt wurde, ehe er sich auf seinschwarzes Motorrad schwenkte. Er schwor sich, es Jericho heimzuzahlen.

***

„Danke, gut." antwortete Alex in den Hörer. „Es ist nur Sam etwas mulmig bei dem Gedanken. Sie ist von deiner Idee nicht recht begeistert." Es folgte eine kurze Stille. „Kann ich mir vorstellen", sprach Danny wieder „Es ist aber das Beste. Für uns alle." Alex nickte zustimmend, obwohl ihm klar war, dass sein Freund ihn am Telefon nicht sehen konnte. „Sonst noch was?" fragte er. „Ja." antwortete Danny, „Ich habe einen Ortfür ein Treffen. West Church 23. Ein altes Bürogebäude. Muss demnächst saniert werden... Verlasse dich auf mich..." Es folgte wieder eine kurze Stille. „Danny, du hast Recht... Danke." „Kein Problem." hörte Alex, bevor der Hörer aufgelegt wurde. Danny lachte sich ins Fäustchen, es lief bestens.

9

„Guten Tag." ließ sich Jericho außerordentlich freundlich am Telefon vernehmen. „Hallo." gab Steve schlicht zurück. Er fragte sich, was Jericho wohl von ihm wollte.

„Ok, Steve, du bist hoffentlich endlich bereit, Nägel mit Köpfen zu machen. Ich brauche dich demnächst. Ich brauche meinen besten Rekruten. Bis bald." Steve war klar, der Fisch hatte etwas besonders glitschiges vor, sonst hätte er ihn sicherlich nicht angerufen und vor allem nicht so gönnerhaft gesprochen. Steve blieb überlegend vor dem Telefon stehen. Wenn Fisch ernsthaft dachte, ihn im Ärmel zu haben, dann sollte man ihn bald ernüchtern. Er schnappte sich seine Jacke von der Türklinke, die als Garderobe diente und verließ die Wohnung. Er schloss sorgfältig ab, wie immer seitdem er wusste, wie schnell man in fremde Wohnungen einbricht. Die Sonne ging schon unter, die Dämmerung tauchte die engen Gassen in Halbdunkel, was Steve sehr gelegen kam. Er machte das Motorrad startklar und prüfte im Rückspiegel, dass ernicht beschattet wurde. Sein Ziel sollte ganz privat bleiben. Er fuhr gemütlich über Umwege, wodurch er Zeit gewann, über Jason nachzudenken, der hoffte frühzeitig wegen guter Führung aus dem Gefängnis zu kommen. Aber wann? In einem Jahr vielleicht? Wenn er schon ganz zermürbt wäre... Jericho hatte versprochen, ihn gar nicht ins Gefängnis kommen zu lassen, dann versprochen, ihn umgehend aus dem Gefängnis zu holen... Steve hatte irgendwann endlich begriffen, was Jason für Jericho war, eine Sardelle, den man statt Hummer gern opfern konnte. Jetzt aber wurde der Bosswegen der CD nervös, Steve hatte heimlich ermittelt, es musste eine Verbindung zwischen dem damaligen Inhaber und Jericho geben.Die Compact Disk hatte einem Bankier gehört, der sich aus dem Geschäft zugunsten seines Sohnes zurückgezogen hatte und seinen Lebensabend nur noch genießen wollte. Es fehlte Steve ein Puzzle-Steinchen, um sich aus dem ganzen einen Reim zu machen. Aus der Besorgnis des Fisches konnte Steve vielleicht doch noch einen Vorteil ziehen. Irgendwie schon. Während er seinen Gedanken nachging, kam er in eine Seitenstraße, in die er langsam abrollte. Er hielt vor einem kleinen Laden an, ließ das Motorrad stehen und ließ den Schlüssel stecken. Wer in dieser Gegend etwas stehlen wollte, der ließ sich auch nicht von Motorradschlössern abhalten. Steve verließ sich hier dazu auch auf seinen Ruf: Wer würde gerade ihn beklauen?

Er ging langsam in den Laden, wo er Stammkunde war und sogar hin und wieder Waffen abgab. Der „Spielzeugmacher", wie der Ladeninhaber genannt wurde, stellte genauso viel her wie er verschmolz und hielt seine Auflage wie ein gutes Eisenwarengeschäft. Steve ließ seinen Blick auf Kneifzangen und Rohrschlüsseln schweifen. „Moment, ich komme!" hörte er eine Stimme aus der Werkstatt rufen, die ein Türrahmen ohne Tür vom Ladenraum trennte.

***

Endlich kam ein älterer Mann zum Vorschein, der seine Hände an einer Schürze abwischte, die er sich um die Taille gebunden hatte. „Tag, Steve, schön dich wieder mal zu sehen. Was bringt dich hierher?" Die Stimme wirkte gebrochen, vom Alter und vom Kummer. Der Alte hatte sich nach dem Tod seiner Frau nach vierzig Jahren Ehe nur noch mit Arbeit abgelenkt. Zum Glück war er für seine Kundschaft mehr ein Freund als ein Verkäufer. „Hallo Bob, ich brauche eine Waffe." entgegnete Steve. „Eine Pistole." Der alte setzte eine Brille auf und zog eine Lade hinter der Ladentheke heraus. „Wozu?" Steve betrachtete den erfahrenen

Kaufmann ernst. Es war besser, reinen Wein einzuschenken. „Ich will auf Fischjagd."

„Moby Dick, eh?" scherzte der alte scheinbar und wählte sorgfältig einen Revolver aus. „Du solltest dich aber an Ahab erinnern. Es wäre schade, wenn du wie dein Bruder ins Gefängnis gehst." Er legte weitere Waffen auf den Tresen. „Ich lasse mich nicht hinunter reißen", Steve hob dabei begutachtend jede Waffe hoch „Was würdest du mir raten?" Bob sammelte alle Waffen bis auf zwei ein. „ Der Desert Eagle ist wendig und auchauf Distanz präzise. Der Magnum hat großes Durchsetzungsvermögen, wenn du mich verstehst. Beides sehr gut." Steve sammelte seinen Motorradhelm und seine Handschuhe von der Theke, wo er sie abgelegt hatte. „Wenn das so ist... nehme ich beide." Bob kramte in eine andere Schublade herum und holte eine Patrone, die er Steve unter dem Hinweis zur Begutachtung in die Hand drückte, es seiMunition aus eigener Herstellung. „Stahlmantel-Geschoss...? was soll daran besonders sein?" fragte Steve. „Nichts weiter als pures Gift, schon beim Streifschuss ohne Gegengift hundertprozentig tödlich." Bob prüfte den Gesichtsausdruck seines Kunden und las darin, dass Steve beeindruckt war und die Erklärung auf sich wirken ließ. Er kramte noch einen Flakon heraus, etwas zehn Milliliter einer dunklen undviskösen Substanz und händigte es Steve mit der Warnung heraus: „Hier ist das

Gegengift. Ich würde nicht länger als eine halbe Stunde nach Infizierung warten."

„Lange genug:", mit diesen Worten besiegelte Steve den Handel. „Soll ich dir erklären, wie man die Kugeln macht?" bot der Händler an. „Ich würde es nicht hinkriegen. Und ich muss los. Nächstes Mal vielleicht. Einverstanden?" Bob sah Steve in die Augen. „Ja, nächstes Mal, junger Mann. Wir sehen uns."

Steve bezahlte Waffen und Munition und nahm alles in Tüchern eingewickelt in einem Beutel mit. „Danke, Bob." Er wandte sich zum Ausgang. „Petri heil!" rief Bob ihm hinterher, der sich an der Schwelle zur Straße noch kurz umdrehte und vor dem Weggehen rief: „Petri Dank!".

Er fuhr langsam auf dem Rückweg, geplagt von tausend und einem Gedanken. Bob war ein alter Mann, der immer nur für seine verstorbene Barbara gelebt hatte. Sein lange gehegter Traum wäre ein Eisenwarenhandel für Haushalte, für Gärtner, für Bastler... Steve wusste, man könnte vom alten Hasen weit viel mehr lernen als die Herstellung von Giftpatronen, und er hätte vielleicht mehr zugehört, wenn er selbst nicht nur diesen einen Albtraum hätte von Jericho und seiner Festung.

10

„Bist du ganz sicher?" fragte Sam, und Alex nickte zustimmend. Sie hatten die ganz Nacht darüber geredet, und Sam hatte erkannt, dass es doch der einzige noch begehbare Weg war. Schweren Herzens musste sie sich selbst gestehen, dass Gareth sicherlich nicht gewollt hätte, dass irgendwer Schaden nimmt. Der Datenträger würde zurückgegeben werden, damit musste die Sache auf sich beruhen. Nur war sie nicht überzeugt, dass mit der Rückgabe die Gefahr gebannt sei.

***

Sie musste zugeben, dass es keinen Spaß machte, ständig auf der Lauer nach Gefahr zu leben, auf der Flucht. Gleichzeitig fühlte sie Rage beim Gedanken, das Gareth nicht gerächt werden konnte. „Alex,..." fing sie ihren Satz an. Sie betrachtete vom Beifahrersitz aus die Schlange der Autos und dachte an Gareth, an die Flucht, an die Angst. Sie wünschte, sie hätten diese verdammte Disk nie gefunden, dann wäre nichts von alledem passiert... Und sie hätte vielleicht Alex eines Tages doch getroffen, wie er auf einer Parkbank Zeitung las und sie den Mülleimer neben ihm leerte.... „Ja...?" fragte Alex an der nächsten Ampel und sah zu ihr. „Nicht wichtig." antwortete sie, und sie fragte sich zum ersten Mal, was gewesen wäre, wenn... Sie sah wieder durch die Windschutzscheibe den Berufsverkehr gedankenverloren an. An der Heckscheibe des Wagens vor ihnen steckte ein Aufkleber mit „Ich bremse auch für Politiker", das fand sie nicht sonderlich lustig.

***

Sie waren dem Stadtchaos entwischt, sie fuhren auf der Landstraße, Sam noch immer ihren Träumereien nachhängend. Der Fahrer des Wohnwagens vor ihnen hatte alle Zeit der Welt, und sie konnten nicht überholen. Ganz anders der Fahrer des schwarzen Motorrads, was so plötzlich hinter ihnen auftauchte, sie überholte und in einem gewagten Gymkhana den Wohnwagen hinter sich ließ. Es war so schnell verschwunden, wie es aufgetaucht war und hinterließ nachhaltig bei Sam aus irgendeinem, unerfindlichen Grund doch einen tiefen Eindruck. Sie dachte nach, ob solche Geschwindigkeit überhaupt erlaubt sei, in welchem Fall sie dem gemächlichen Wohnwagen doch hinter sich lassen könnte.

Alex blieb geduldig auf der rechten Spur, vielleicht war dieser Wagen der Herausforderung einfach nicht gewachsen. Ein ausländisches Auto, was auch beide Gefährte überholte, war es jedenfalls, und Sam konnte ihren Verdruss und ihren Neid für diese Flitzer nicht verbergen. „Musstest du dir unbedingt einen Kaff im Niemandsland aussuchen…?" Er sah sie leicht belustigt von der Seite an. „Ein Ort ist so gut wie ein anderer. Es ist bald alles vorbei." Er lächelte aufmunternd, Sam hoffte insgeheim, dass dieser Optimismus sich nicht zerschlagen würde.

***

West Church 23 war in der kleinen Ortschaft gar nicht schwer zu finden gewesen, an dem Jericho sich mit Steve verabredet hatte. Von seinem Auftraggeber hatte er nur karge Hinweise erhalten: Die CD sei wieder aufgetaucht und man wolle tauschen. Steve malte sich die Tauschszene so aus: CD, zwei Kugel. Ihn beruhigte der Gedanke an seinen neu erworbenen Waffen. Er war viel früher als verabredet da, so konnte er die Landschaft genauer erkunden und dabei eventuelle Fluchtwege erspähen. Er hatte auf der Landstraße das Tempo seines Motorrades beschleunigt, zum Glück schien fast niemand in diese Richtung zu wollen, und die wenigen Fahrzeuge hatte er mühelos hinter sich gelassen. Er fuhr langsam um den Platz. „Hier will also Fisch den Kerl umnieten?" Er hielt an, stützte die Ellbogen auf dem Lenkrad und beugte sich vor, um das einzige Gebäude zu betrachten, was noch stand. Es war zum Abriss verurteilt und vom Schutt der ehemaligen weiteren Häuser umgeben. In diesem gottverlassenen Nest würden die Arbeiter erst im Frühjahr wiederkehren, nach dem monatelangen derben Winter, der mit Schnee und Eis alle Spuren bald verwischen würde. Er war kein Freund von Gewalt, wenn sie sich vermeiden ließ, aber im vorliegenden Fall machte er sich auf alles gefasst. Daher beschloss er, auch das innere vom Gebäude anzusehen, um jede böse Überraschung auszuschließen.

***

„Da wären wir." kündigte Alex an, als er vor einem verwitterten, baufälligen Bürogebäude anhielt. Sam sah sich sehr skeptisch um und wollte nicht so recht glauben, dass außer Gespenster etwas hier auf sie warten könnte. Sie stieg unwillig aus dem Auto aus und sah sich um. In den Fensterrahmen hingen keine Fenster mehr, oder sie waren derart beschädigt, dass man sich fragen musste, wie lange schon das Gebäude leer stand. Schutt von umliegenden Häusern zeugte dafür, dass die ganze Anlage den Bulldozern zum Opfer fallen sollte, und wahrscheinlich hatte die Verwüstung nur vor dem unmittelbar bevorstehendenWinter halt gemacht. Sie fröstelte. Sie war nicht sicher, dass es nur aufgrund des Wetters war. „Dieser Platz ist mir nicht geheuer." meinte sie zu Alex. Er beruhigte sie: „Ein Grund mehr, es schnell hinter uns zu bringen und zu verschwinden." Er zog sein Kamelhaar enger um sich zusammen. „Ich bin gleich zurück." Sam sagte von Angst gepackt „Kommt nicht in Frage, wir gehen beide zusammen." Alex sprach ihre Vernunft an: „Es ist mir lieber, du bleibst hier und hast den Wagen fahrbereit. Für alle Fälle." Aber Sam ließ sich nur schwer und unter vielen Einwänden davon überzeugen, hier in der relativen Sicherheit des Wagens zu verharren, während Alex sich der Gefahr stellen würde. Beide merkten, wie gefährlich sie auf dem Präsentierteller standen, keiner der beiden wollte, dass dem Anderen etwas zustößt. Es war aber tatsächlich ratsam, sich dahingehend zu trennen, dass den beiden dann ein Fluchtwagen zur Verfügung stehen würde. Alex steckte die Hände in die Taschen, um sie vor der Kälte zu schützen, und eilte in das Gebäude. Sam zog sich in den Wagen zurück. Sie setzte sich ans Steuer und ließ den Motor an. Minute um Minute verging die Zeit in unendlicher Langsamkeit, und sie musste sich mehrmals ermahnen, sitzen zu bleiben und den Motor für eine schnelle Flucht laufen zu lassen. Viel lieber wäre sie in das Gebäude gelaufen, um sicher zu sein, dass es Alex weiterhin gut ging.

Die Angst wuchs und steigerte sich zur Panik, als plötzlich der Schuss einer Feuerwaffe fiel, und ein Mann plötzlich aus dem Gebäude auftauchte, auf ihr Auto zu rannte und die Beifahrertür aufsperrte.

**

Er trat in das Gebäude. Kalter Luftzug umhüllte ihn, und er fröstelte. Er schritt vorsichtig einem Korridor lang, an dem Zimmer anschlossen, von denen er vermutete, dass sie früher einmal Büroräume gewesen waren. Vielfach konnte man Zeichen von Vandalismus erkennen, ansonsten hatten die Zeit und das Wetter ihr trostloses Werk getan. Die Mauern wiesen Risse auf, Löcher, es hingen keine Türen mehr in den Angeln, und nur Überbleibsel von Wandbelägen waren noch hier und da zu erkennen. Obdachlose hatten alte Zeitungen undSchlaflager hinterlassen, sie hatten offenbar freundlichere Unterkünfte entdecken können. Weit entfernt war der Frühling, vergangen der Sommer, und vom Altweibersommer war hier schon nicht mehr der geringste Sonnenschein vorhanden. Die Wochen waren seit seinem Treffen mit Sam wie im Flug verstrichen, und er wollte keinen Gedanken daran verschwenden, hier länger als nötigst zu bleiben. Jericho hatte ihn im dritten Stock bestellt. Nun aber zeigte sich der Gang hinauf erheblich dadurch erschwert, dass die engen Stufen der Treppe teilweise fehlten, und vom Geländer keine Spur. Das hatte Alex nicht erwartet, Höhenangst machte sich breit, er stieg an der Mauer eng gepresst hinauf und vermied den Blick nach unten.

Oben angelangt folgte er dem einzigen Gang, der ihn zu einem geräumigen Saal führte, der noch ein fast intaktes Parkett aufwies, und vom Luftzug weniger heimgesucht wurde, als hätten die Vandalen und auch die Wetterverhältnisse diesen verschont.Einige Fensterläden oder alte zerfetzten Vorhänge dämmten ebenfalls das Licht, Alex blieb ratlos stehen. Er hatte nur wenige Schritte in den Raum getan, doch sie reichten aus, um demjenigen den Rücken als Zielscheibe zu bieten, der da auf ihn gewartet hatte und dessen tiefe Stimme ihn nun begrüßte. Er drehte sich langsam um und sah, dass da drei Personen standen.

Der Mann, der gesprochen hatte, war etwa vierzig Jahre alt und hatte sich aus einer alten Kiste einen Hocker improvisiert. Er war so gekleidet, wie es der hiesige Geschäftsführer gewesen wäre, wenn dieses Unternehmen noch bestanden hätte. Zu seiner linken Seite stand ein junger Athlet in seinen Zwanziger Jahren vielleicht, der kampfbereit und finster wirkte. Zu seinerrechten Seite wiederum stand eine etwa gleich große Gestalt in schwarzen Mantel gehüllt. Der Stentor genoss den bewirkten Überraschungseffekt und nahm erneut das Wort. „Da wir vollzählig sind, können wir das Geschäft abwickeln... Ich darf vorstellen. Mein junger Protegé heißt Steve, und mein anderer Begleiter ist Jack." Beide Gestalten nickten knapp. „Sie können mich sicherlich nicht erkennen... Ich bin Mr. Jericho." Als Alex sich von seiner Überraschung befreit hatte, nickte er ebenfalls kurz und sagte dabei schlicht „Hallo".

***

Mr Jericho fragte geradeaus nach der CD, die ihm Alex sehr unwillig zeigte. Er steckte sie sich wieder in die Manteltasche. „Da nun alle Unklarheiten meinerseits beseitigt sind, können Sie alle Fragen der Welt der Person hinter Ihnen stellen."

Alex folgte mit erneuter Überraschung der hinweisenden Handbewegung, die auf eine noch nicht gesehene Bedrohung hinwies, und es verschlug ihm alle Fragen der Welt in eine einzige: „ Du?"

„Ach, mein Freund, du bist noch dämlicher, als du aussiehst." Alex wusste nicht, ob er wütend sein sollte, er machte eine Bewegung nach vorn und wurde in seinem Elan durch das Zucken eines Revolvers gestoppt. „Wie erbärmlich! Stehen bleiben, oder ich schieße."

„Aber… ich glaubte, wir sind Freunde…"

„Lieber Alex, dem Alter sind wir entwachsen, also keine seelische Erpressung, ich stehe am gefährlicheren Hebel." Der Detektiv blieb wie verwurzelt stehen und hob langsam die Hände hoch. Gleichzeitig schämte er sich über diese Bewegung, die ihm nur ein höhnisches Grinsen einheimste. „Sag mal, Alex, du stehst jetzt da genauso, wie die Marionette die du bist. Du hast dich überhaupt nie gefragt, warum ich mitgemacht habe. Und du glaubst naiv, dass ich mir eine derartige Gelegenheit durch die Lappen gehe lasse…" Alex konnte nach wie vor die Fakten nicht zu einem gedanklich harmonischen Ganzenfügen und war nur imstande, Worte zu stammeln: „Ich dachte, wir stehen auf der einen Seite zusammen…"

„Oh nein, Alex, ein uns gibt es nirgends. Ich stehe hier auf meiner Seite, und du stehst auf deiner Seite, und auch noch mit dem Rücken zur Wand, würde ich sagen… Haben Sie das Geld?" Die letzte Frage hatte Danny an Jericho gerichtet.

Dieser nickte und gab Steve ein Zeichen, bei dem er einen Koffer aus der Kiste hervorbrachte, auf der Jericho gesessen hatte. „Einmal zeigen.", meinte Danny, und Steve machte den Koffer auf und zeigte aus sicherer Entfernung den Inhalt. „Was soll das sein?", fragte Danny mit leicht hörbarem Unbehagen, und Jericho antwortete gönnerhaft „Vertrauen gegen Vertrauen. Ein Scheck von mir über zwanzig Millionen Dollar platzt nicht so leicht wie eine CD von irgendwem." Danny ließ den Lauf der Pistole die Schläfe von Alex streifen. „Die CD, wenn ich bitten darf." Am liebsten hätte der Detektiv los geschlagen, aber er wusste, dass es unmöglich war, aus dem ungleichen Kampf als Sieger herauszukommen. Er ballte die Faust „Noch eine Frage!" Jericho sah ihn mitleidig an. „Sie sind gar nicht in der Position, Fragen zu stellen. Aber lassen Sie ihre Fragen hören."

„Woher wussten Sie, wo Sie mich in die Falle locken konnten?"

„Oh, das" meinte Jericho. „Dafür zeichnet sich nicht ich, sondern Jack hier verantwortlich." Die vermummte und stumme Gestalt neben Jericho beugte sich leicht zum Gruß. Die Gedanken überschlugen sich bei Alex, aus Angst, aus Verzweiflung, vielleicht um etwas Zeit zu gewinnen, das einzige, was er noch zu gewinnen vermochte. „Wozu Gareths Tod?" „Ach, das", meinte Jericho und zündete sich eine Zigarre an „Bedauerlich, war etwas übereifrig von einem meiner Männer... der arme Junge wäre gern Feuerwehrmann geworden, war ihm aber nicht gegönnt. Seitdem hat er so einepyromanischeAder... Sie sehen, war überhaupt nicht persönlich gemeint..."

„Siehst du nicht, mit wem du dich verbrüdert hast?" rief Alex entsetzt und verzweifelt Danny zu, der zuckte nur wieder mit der Pistole und forderte die CD. Als Alex sie nicht herausrückte, suchte sie Danny selbst aus der Tasche des ehemaligen Freunds heraus und küsste sie. „So ein kleines Memo wiegt so viel Geld." Steve schob den Koffer in Richtung Danny im selben Moment, in dem Danny die CD im Lederetui in Richtung Jericho warf. Die dunkle Gestalt fing sie im Flug. „Gutes Geschäft! Wir gehen", meinte Jericho in Richtung Steve.

„Sauber machen!" Steve holte einen Revolver aus der Brusttasche, und Danny wirbelte zu ihm herum. „Was soll das?!" rief er, ohne glauben zu wollen, dass er richtig verstand. Alex nutzte diesen Bruchteil einer Sekunde, um aus Dannys Hand die Pistole zu reißen, die unweit auf den Boden fiel und noch auf dem Parkett wegrutschte. Danny schob Alex unsanft gegen die Mauer und versuchte, rechtzeitig zur Waffe zu greifen. Alex war noch benommen von Aufprall gegen die Wand, er riss sich aber zusammen, denn die blanke Panik galt es zu vertreiben.

Im Augenblick, als Danny die Waffe packte, sprang Alex ihn an, und es entstand ein solches Gerangel, dass es unmöglich war, Wetten darüber abzuschließen, wer die Oberhand gewinnen würde. Es war auch überhaupt nicht festzustellen, wer die Waffe wirklich hielt, wer sie haben wollte. Beide schlugen und rissen sich, und plötzlich standen sie sich in enger Umarmung gegenüber. Sie sahen sich wild in die Augen, ohne die Umklammerung zu schwächen, und es fiel ein Schuss. In der daraus resultierenden Todesstille standen sie noch umklammert stumm, die Augen weit aufgerissen, und langsam nacheinander fielen Bluttropfen zu ihren Füßen.

11

Steve sah in der Nähe einen Bauwagen und schob das Motorrad, bis er es dahinter abstellen konnte. So dürftig das Versteck war, so unwahrscheinlich machte es den Verdacht, es zu überprüfen. Es stand fast in Sicherheit. Jericho hatte sich mit ihm an diesem verwahrlosten Ort verabredet, und er begutachtete das graue Gebäude, zu dem er ging. Er folgte einen kurzen Korridor und stieg eine Treppe ohne Geländer hinauf. Oben befand er sich auf einem ähnlichem Korridor und kam in einen Saal, in dem Jericho mit einem anderen Mann wartete.

„Endlich bist du auch da, Steve!"

„Guten Tag, Mister Jericho", antwortete Steve und ging zu seinem Auftraggeber. Sie schüttelten sich die Hände, und der Blick von Steve verriet seine Überraschung. „Mr. Jackson, ein Geschäftspartner." stellte Jericho den Unbekannten vor. Der streckte Steve die Hand aus „Nennen Sie mich Jack." Beide Männer schüttelten sich die Hände „Nennen Sie mich Steve", antwortete er.

„Nachdem wir uns alle vorgestellt sind, sollten wir uns für unseren Gast vorbereiten", stellte Jericho fest und ging mit Steve etwas abseits. „Ich dachte, wir erwarten nur einen Besucher", wandte Steve leise ein. „Das Leben steckt voller Überraschungen", belehrte ihn Jericho. „Doch lebend werden diesen Raum nur drei, wenn gar nur zwei verlassen. Wollen wir wetten?" Steve war es im Grunde gleichgültig, ob ein Bataillon käme, so lange er die Angelegenheit schnell hinter sich bringen konnte. Was er vermutet hatte schien wahr, der Hai hatte vor, alle Anwesenden aus seinem Ozean zu beseitigen, und Steve gratulierte sich insgeheim zu seinen beiden Waffen. Er war bereit davon Gebrauch zu machen, und es würde sich zeigen, ob dieser Jack Fisch oder Fleisch war. Er war nicht blutrünstig, würde aber sein Leben mit allen ihm zur Verfügung stehenden Mitteln verteidigen. Mit gezogener Waffe, wenn es sein musste.

***

„Merke dir eins", belehrte Jericho weiter seinen Gehilfen „Wenn du es im Leben noch zu etwas bringen willst, wirst du dir alle Steine aus dem Weg räumen müssen. Und ich muss eine weiße Weste behalten." Da haben wir das Raubtier, es war der einzige Gedanke, der Steve dazu einfiel, aber er beherrschte sich und zeigte seine Zähne im bösen Grinsen eines Komplizen. Sie kamen zurück zu der Kiste, auf der Jericho gesessen hatte, als Steve eintraf, und er machte es sich dort wieder bequem. Steve bemerkte einen Aktenkoffer, der einsam da stand und fragte den Boss, ob er damit irgendwas machen sollte. „Der ist nicht schwer und bleibt vorerst bei mir", antwortete Jericho „Darin ist nur ein Scheck. 20 Millionen für unseren Gast. Versprochen ist versprochen. Gebracht, wie ich ihm gesagt habe, und ich werde es ihm aushändigen. Ich habe mein Wort nicht gegeben, dass er damit unbestraft hinaus spazieren kann." Blinde Wut drohte Steve zu übermannen, aber er hatte sich in der Gewalt und gab weiterhin den Anschein, dass er Jericho Recht gab. Es war lebenswichtig. Sie lauschten plötzlich angespannt, denn ein Auto drückte den Kies auf dem Parkplatz, es musste wohl der gebetene Gast sein. „Soll ich nachsehen, wie viele es sind?" fragte Steve, aber Jericho versicherte ihm, es würde einer allein kommen, das stand fest. Er hörte, wie eine Autotür klappte, wie Schritte in der Eingangshalle widerhallten und dann an der Treppe heraufkamen.

Ein Mann trat ein, den Jericho begrüßte. Der Besucher hatte sie nicht bemerkt und drehte ihnen den Rücken zu. Daher erschrak er gewaltig, als ihn Jericho begrüßte und noch mehr, als er sah, dass dieser mit Verstärkung gekommen war. Er erinnerte Steve an ein Kaninchen in der Falle, aber es könnte genau so gut der Fuchs sein, und er hielt sein Mitleid in Zaun. Jericho kostete die Wirkung auf den Anderen aus. „Da wir vollzählig sind, können wir das Geschäft abwickeln... Ich darf vorstellen. Mein junger Protegé heißt Steve, und mein anderer Begleiter ist Jack." Steve salutierte, Mr. Jackson nickte nur kurz und wortlos. Der Ankömmling gab ein zögerndes „Hallo" von sich, als er sich endlich wieder gefangen hatte. Es folgte ein kurzer Dialog, bei dem der Fisch mit Sicherheit wissen wollte, ob die CD dabei sei und der Fremde auf Erklärungen beharrte. Am Ende riet ihm der Fisch „Da nun alle Unklarheiten meinerseits beseitigt sind, können Sie alle Fragen der Welt der Person hinter Ihnen stellen.", und der Gast stellte mit noch größerem Schreck fest „Du!", während eine Pistole seine Schläfe schleifte. Steve dachte kurz, Hasenohren würden diesem Menschen gut zu Gesicht stehen. „Ach, mein Freund, du bist noch dämlicher, als du aussiehst." war zu hören, und der Gast öffnete den Mund zu einer Antwort, die er doch nicht aussprach, während er mit Wort und Waffe im wahren Sinn des Wortes mit dem Rücken an die Wand geführt wurde. Aus dem Gespräch, dem er nur bruchstückhaft zuhörte, verstand Steve, dass es sich hier um einem Alex und einem Danny handeln musste, und bei Geld habe die Freundschaft aufgehört. Der genannte Alex hatte die CD gebracht, war von Danny verraten worden, der dafür wie ein Judas Geld bekommen würde. Er wollte das Geld sehen, und Steve zeigte ihm den Inhalt des Koffers, Steve konnte sehen, das Jackson verblüfft war,

20 Millionen in der Form eines Schecks zu sehen, während Jericho dieses Detail nicht bemerkte. Doch augenblicklich setzte Jackson seine Poker-Spieler-Miene auf. Steve kam sich wie ein Komparse in einem einfach gestrickten Film vor. Die Gedanken des Mr. Jackson blieben ihm leider verborgen, der nicht durch den Scheck sondern über die Höhe der Summe, immerhin die verlangten 20 Millionen, die sich der Fisch die CD kosten ließ und darüber, dass es in der kriminellen Laufbahn dieses skrupellosen Manns sicherlich das erste Mal sein dürfte, dass er Wort hielt und vielleicht das einzige Mal sein und bleiben würde, dass er dem Wort eines anderen, ihm unbekannten Menschen dem Anschein nach vertraute. Steve kannte seinen Boss besser und gehorchte den Anweisungen sofort und schickte den Koffer auf dem Boden auf die Reise zu Danny, der ihn geschickt mit dem Fuß abfing. „Der hat bestimmt mal früher Fußball gespielt." dachte Steve bei sich. Danny entriss dem Anderen eine kleine Ledertasche, die Steve seit sehr langer Zeit nicht mehr gesehen hatte, und warf sie Jericho zu, der sie abfing und Steve zur Bewahrung überreichte.

Der Tausch war vollzogen, und nur Steve war durch den letzten, jetzt kommenden Befehl nicht überrascht „Gutes Geschäft! Wir gehen", meinte Jericho in Richtung Steve, „Sauber machen!" Danny war so überrascht, dass ihm der Andere im Bruchteil einer

Sekunde die Waffe streitig machen konnte. Im chaotischen Kampf, der daraus resultierte, schlugen sich beide wütend gegenseitig und prallten hart gegen die Wand. Steve holte unbemerkt seine im Rücken zwischengelagerte Desert Eagle heraus. Doch bevor er irgendetwas tun oder sagen konnte, knallte ein Schuss und Blut tropfe am Boden. Jericho und Steve, Danny und Alex waren erstarrt. Die Zeit blieb stehen. Der Ton verstummte. Jericho sah verständnislos Steve mit der Waffe in der Hand an, die beiden umklammerten Gestalten an der Wand. Nichts geschah. Fünf Menschen in einer in der Bewegung angehaltenen, unfassbaren Begegnung. Stoff rauschte an der Wand, einer von den beiden Kämpfern glitt mit unsagbarem Erstaunen und unaufhaltsamer Langsamkeit hinunter und sackte am Ende am Boden zusammen, wo sich eine Blutlache bildete, während die andere Gestalt mit einem in dieser immensen Stille unheimlichen Langsamkeit die Waffe fallen ließ, und der Aufprall sowohl gedämpft des Körpers wie metallisch schrill der Waffe die ganze Halle, das ganze Universum momentan erfüllte. Mit unendlicher Trauer konnte der Sieger leise nur ein einziges Wort stammeln. „Danny..."

12

Doch plötzlich löste er sich aus der Beklemmung heraus, schnappte sich den Koffer und rannte blitzartig hinaus. Es war purer Überlebensinstinkt, der ihn leitete, und er sah sich keine Minute um. Somit entging ihm, dass sichJericho im Augenblick seiner Flucht ebenfalls aus der Überraschung schüttelte und sich an seine Fersen heften wollte. Er wurde in dieser Sekunde von Ausruf „Stopp!" angehalten, und blickte nach hinten, wo Steve die Waffe auf ihn richtete. Er drehte sich zu seinem Untergebenen und ging mit langsamem Schritt auf ihn zu. „Was soll das bedeuten?", rief er zornig. „Sie sind nicht mehr im Rennen." ertönte eine dritte Stimme, und hinter Jericho trat eine dritte, ebenfalls bewaffnete Gestalt in Steves Blickfeld. „Was will der denn??" stieß Steve hervor, und er zuckte seine Magnum aus dem Hosenbund heraus und richtete sie auf den neuen Mitspieler. „Zisch ab!", befahl dieser in Richtung Steve. „Mit dir habe ich nichts zu tun!"

„Aus dem Weg!" gab Jericho den beiden zu hören. „Nein, ich soll die CD in meinen Besitz bringen und dich beseitigen. Gib her!"

„Wer bezahlt dich?", fragte Steve, beide Waffen noch immer auf die Kontrahenten gerichtet. „Adams?".
Jericho blickte verblüfft den Auftragskiller und dann Steve an, der erläuterte „Die Villa, aus der ich das Ding entwendet hatte, gehörte nach meinen Erkundigungen dem Abgeordneten Adams. Der müsste ein brennendes Interesse daran haben. Hier, Sie bekommen die CD, und sie überlassen Jericho mir."

„So läuft das nicht. Ich führe meinen Auftrag aus. Du verschießt dich noch, und ich muss es ausbaden."

„Den erschieße ich nicht, ich liefere ihn aus."
„Interessant!", erwiderte der Unbekannte nach einer Weile, und so etwas wie ein Schmunzeln erschien kurz über das harte Kinn. „Ich bezahle Ihnen das Doppelte, das Dreifache, was Sie wollen." bot Jericho an und sah mit zunehmender Beunruhigung, wie der Andere einen Schalldämpfer anbrachte. Steve ließ die CD auf dem Boden zu dem Auftragskiller gleiten und stellte sich, immer noch mit beiden Waffen auf die Männer gerichtet, zwischen den beiden. „Adams hat die CD, und ich räche meinen Bruder. Okay?". Der andere hielt die Waffe noch immer auf Jericho gerichtet, fing die CD ab. „Ach, es ist eine Familienangelegenheit?! Da will ich mich natürlich nicht einmischen, du kriegst es sicher hin. Die CD ist für meinen Boss das Wichtigste. Die wird vernichtet."

Darauf war er in wenigen Schritten an der Öffnung, die früher eine Tür beherbergt hatte, und verschwand. Steve ging mit wenigen sicheren Schritten wieder in Sicherheit, wo er sowohl die Tür wie auch den Fisch im Visier haben konnte. Er räumte die Magnum wieder weg und holte dafür aus der Tasche ein kleines Diktiergerät. „Nun unterhalten wir uns." sagte Steve. „Ein brauchbares Geständnis, bitte schön!" Und zur Bekräftigung seiner Ansage ließ er die Waffe sprechen, und eine Kugel verursachte an Jerichos Bein eine Streifwunde, die ihn fluchen ließ, und er fiel, die Wunde an seinem Bein pressend, auf den Boden. Er stützte sich und setzte sich. Steve kam näher und sprach ihn von oben herab: „Nur zur Motivation. Die Kugeln sind vergiftet, und ich habe das Gegengift. Jetzt bereit für das neue Hörspiel?" Er fuchtelte mit dem Diktiergerät und mit der Pistole, Jericho biss sich die Lippen vor dem zunehmenden Schmerz.

***

„Danke.", sagte Steve, als er das Diktiergerät ausschaltete. „Kopf hoch, Jericho, immerhin habe ich Ihnen das Leben gerettet.". Jericho spürte, wie eben dieses Leben nach und nach von ihm wich. Er fühlte sich erschöpft, das Bein konnte er fast nicht mehr fühlen, und aufstehen konnte er nicht mehr. Steve schritt langsam und vorsichtig zur Türschwelle rückwärts. Erst als er dort angelangt war, holte er etwas aus der Brusttasche und ließ dasFlakon am Boden gen Jericho rollen. „Hier, für Sie, das sollten Sie noch einnehmen. Hoffentlich ist es noch nicht zu spät. Wer kann es schon wissen? Aber keine Bange, Polizei und Krankenwagen werden bald eintreffen."

„Ich werde nicht mehr hier sein." seufzte Jericho, der sich mit großer Mühe zur kleinen Flasche am Boden robbte. Er öffnete sie und hob es mit Schwierigkeit zu seinen Lippen. Schweiß perlte von seiner Stirn und rannte die Wangen hinunter bis zum Kinn, wovon es tropfte. „Ich glaube schon", entgegnete Steve, „Ich habe ein starkes Schlafmittel darunter gemischt." Jericho ließ die Flasche fallen und hob den Kopf zur Antwort. Die durch die ausblutende Wunde entstandene Müdigkeit kam nach kurzem Aufflackern der Lebensfreude tausendfach verstärkt zurück, und er fiel in einem Schlaf zusammen, der ihn vielleicht zum letzten Mal als freien Mann befiel.

13

Ein eiskalter Wind rauschte ihm um die Ohren. Er zitterte und trat kräftiger in die Pedale. Auf gar keinen Fall wollte er sein Rendezvous mit Jericho verpassen. Der hatte ihm viel Geld versprochen, und Danny wollte es sich nicht durch die Lappen gehen lassen. Er nutzte zu seiner Fahrt eine Strecke, die er gut kannte, und auf der er eigentlich nur von ganz jungen Fahrschülern in Begleitung des Vaters oder des großen Bruders, vielleicht von einem Traktor gesehen würde, wenn überhaupt.Der Pflugweg brachte ihn endlich ohne Zwischenfall an das Gebäude, vor dem bereits das französische Unikat, das Alex gehörte, von weitem zu sehen war. Er versteckte schnell das Fahrrad im Gebüsch, womit er sich zwei Vorteile ausrechnete: Falls gefunden, würde es auf die Zeit der Hausbesetzung zurückführen sein, und er vermied die Peinlichkeit, sich als nicht motorisiert bloß zu stellen.

Er schlich unbemerkt hinters Haus, wo die Fassade ein Loch aufwies, der wie eine Wunde klaffte und den früheren Belagerern genug Platz gegeben haben musste, genauso heimlich hinein- wie hinaus zu kommen. Er sah sich um. Er war in so etwas wie einer Eingangshalle, in der früher wahrscheinlich ein Pförtner oder eine Empfangsdame gesessen haben musste,und sah eine Treppe. Sehr zu seinem Leidwesen fehlten hier und da Stufen und durchgängig das Geländer, um sich festzuhalten.Es war für Danny, der nie ein Sportgenie gewesen war und leicht Höhenängste verspürte, eine Zumutung, aber es blieb ihm nichts anderes übrig, als den gefahrvollen Aufstieg zu wagen. Er fürchtete schon, seinen großen Auftritt versäumt zu haben, hörte jedoch ein Gespräch. Er näherte sich geräuschlos dem Türloch und spähte hinein.Vor ihm war unmittelbar der Rücken seines vermeintlichenFreundes, der Jericho gegenüber stand, der gerade sprach „...können Sie alle Fragen der Welt der Person hinter Ihnen stellen." Jetzt war Danny Held der Stunde, in Kürze würde er als Reicher von diesem Ort weggehen, er holte seine Pistole heraus und hielt sie fest im Griff, während Alex sich umdrehte und verwundert die Augenweitete... „Du?" Es folgte eine eher langweilige Unterhaltung mit dem Ergebnis, dass Alex die CD übergab und der finster blickende Begleiter sie von Jericho weitergeleitet einsteckte und ein bestürzendes Befehl erhielt:„Gutes Geschäft! Wir gehen, Sauber machen!". „Was?" schrie Danny aus, und Alex griff ihn gerade in diesem Augenblick an, er knallte ihn an die Wand und rannte der Waffe nach, die wegrutschte, fasste sie, Alex versuchte, sie ihm zu entreißen, beide Kampfhähne rangen, Danny richtete verzweifelt die Waffe gegen Alex' Bauch, drehte sie dann um, ein Schusserhellte das Halbdunkel, und Danny fühlte keinen Schmerz, doch etwas flüssiges erreichte seine Hand, Alex hatte ihn erschossen, verstand er, er sank langsam kraftlos der Wand entlang zum Boden, und als er zusammenfiel und die Augen schloss, hörte er nur noch seinen Namen aus dem Mund des früheren Freundes. „Hau endlich ab!" dachte er, doch das Schicksal setzte dem Rest theatralische Elemente hinzu, mit denen er nicht hatte rechnen können. Alex ergriff endlich, nach Sekunden, die Danny wie Stunden schienen, die Flucht, und nach kurzer Verwirrung wollte sich Jericho mit dem Handlanger, der einmal Danny vor der Bar angesprochen hatte, die schnelle Verfolgung aufnehmen. Doch derUnbekannte, der bisher kein Wort gesagt hatte, mahnte Jericho und zwang ihn unter Drohung es zu unterlassen. Eine weitere Stimme erklärte seinen Willen, „ihn zu töten", aber wen? Hatte jemand bemerkt, dass er nicht gestorben war und wollte ihm jetzt den Rest geben? Hatte Jericho einen weiteren Mann beauftragt, seinen Handlanger als unnötigen Zeugen umzubringen? Was ging hier vor? Sie fingen eine Unterhaltung an, bei der Adams der Abgeordnete eine Rolle spielte, und für die Akteure schien sich alles zu klären, nur für ihn nicht.

Nach und nach jedoch dämmerte es in seinen Gedanken. Dem Gespräch nach zu urteilen, hatte der doch nicht so ehrwürdige Abgeordneter Adams einen Auftragskiller engagiert, der die CD an sich nehmen und demindiskreten Fisch bleihaltige Luft schnappen lassen sollte. Was Danny nur schwer begriff war, warum der Handlanger ihn anscheinend erst verteidigte und dann mit „Gefängnis" drohte. Nach seiner Version der Tatsachen war es der beste Aufbewahrungsort für alle. Die darauf folgenden Verhandlungen verfolgte er aufmerksam, umGewissheit zu erlangen, wer nun die Oberhand gewann und behielt, auch darum, später ausführlich berichten zu können.

Die Argumente gingen hin und her, und Danny verstand, dass der Handlanger ganz persönlichen Groll gegen den Fisch hegte. Er hörte etwas in seiner Nähe auf den Boden gleiten, der Auftragskiller nahm etwas auf und warf ein „Adieu, monami!", verließ den Ort des Geschehens so schnell und leise, dass Dannyes nicht sofort ganz glauben wollte. Er bewunderte insgeheim den Auftritt. Nur noch zwei Stimmen verhallten jetzt in der Stille. Er verstand, dass der Auftragskiller sein Opfer gegen die CD aufgegeben hatte, damit der Andere etwas, was mit seinem Bruder zusammenhing, regeln konnte. Nun erwartete erdie Abrechnung zwischen Jericho und seinem „Getreuen".

***

Der ließ nicht lange darauf warten „Nun unterhalten wir uns." sagte er und holte anscheinend etwas aus einer Tasche „Ein brauchbares Geständnis, bitte schön!" Der Ton von Jericho war wieder gebieterisch „Warum sollte ich das tun?"

„Deswegen" antwortete der andere Verbrecher, und Danny fuhr unwillkürlich zusammen, als der Schuss eines Revolvers erklang. Zum Glück hielten die beiden anderen es nicht für nötig, auch nur einen Blick an den vermeintlichen Toten zu verschwenden, und so blieb er für sie nur ein Wrack in der Ecke. „Deswegen!" hatte der junge Mann dabei kaltblütig gesagt, und Danny rechnete sich aus, dass er ihn ohne Zögern erschossen hätte, hätte er seine Bewegung gesehen. Er fühlte einen kalten Schauder, als er hörte, die Kugeln seien in Gift eingetaucht worden und er ermahnte sich selbst zur absoluten Stille. Sein Rücken fing an, an der Stelle taub zu werden, die unbeweglich an der Wand lehnte, während sich schmerzhafte Verletzungen aus dem Kampf meldeten. Doch er durfte sich unter allen Umständen nicht bewegen oder beklagen.Es verlangte von ihm die ganze Aufmerksamkeit, doch er hörte ein mechanisches Klicken, als der junge Mann fragte „Bereit für das neue Hörspiel?"

***

„Danke." erklang die gleiche Stimme, als Jericho verstummte und das erneute Klicken kam, „Kopf hoch, Jericho, immerhin habe ich Ihnen das Leben gerettet." Danny dachte, dass die Beichte von einem Diktiergerät aufgenommen worden war undbemerkte, dass der junge Mann jetzt anders klang, gelöster, fast fröhlich. „Hier, das Gegenmittel zum Gift." Das Geräusch einer kleinen rollenden Flasche konnte Danny vernehmen. „Hier, für Sie, das sollten Sie noch einnehmen. Hoffentlich ist es noch nicht zu spät. Wer kann es schon wissen? Aber keine Bange, Polizei und Krankenwagen werden bald eintreffen." und ein für ihn überlautes „Glupglup." war auch kurz zu hören. Ebenfalls: „Ich habe ein starkes Schlafmittel darunter gemischt." Jericho lallte etwas. Das Schlafmittel schien bereits zu wirken.

Danny hatte die rapiden Schritte des Komplizen verhallen gehört und wartete kurz, ehe er sich auch davon schlich, denn der Polizei wollte er garantiert nicht in die Arme laufen. Er schüttelte die Taubheit und die Schmerzen weg, es war niemand mehr da, der ihn hätte überraschen können, und so kam er ins Gebüsch, in dem sein Fahrrad steckte und holte es heraus. Ein Zweig hatte sich in die Speichen festgesetzt, den er mit seinen klammen Fingern entfernte. Er stieg aufs Fahrrad in die Kälte, aber den Rückweg konnte er in seiner dünnen

Jacke und wegen der blauen Flecken am Körper nicht mit der Energie zurücklegen, die er auf dem Hinweg gezeigt hatte.

Epilog

Es ist spät abends, und mitten in der Woche.

Samuel hält sein Auto an. Er schwingt die Tür auf, steigt aus und stemmt den Kragen seiner schwarzen Lederjacke hoch. Er blickt finster drauf, unerbittlich. Er geht an der Tür, an der ein Schild darauf hinweist, dass es hier „Zur Bar" geht. Er findet das nicht gerade sehr innovativ, aber er kann sich ausmalen, dass die Gäste hier hauptsächlich auf den Weingeist aus sind. Er tritt ein und kann das verstehen.

Das Publikum sieht nicht einfach arm aus, es ist fast schäbig, in jedem Fall auch zwielichtig. Keiner achtet auf ihn. Er gesellt sich zu einer hageren Gestalt, in einem langen braunen Mantel, an der Theke und drückt ihr die Hand auf die Schulter. „Hallo, Danny."

Die derart gestörte Gestalt dreht sich um und sieht dem Störenfried nach Ansicht der Polizeimarke forsch in die Augen, „Hallo, Officer. Womit kann ich meinem Land dienen?" und wendet sich seinem Bier wieder zu. „Du kannst ohne Theater mit mir hinausgehen."

„Wie ist es gemeint?", fragt Danny mit Verwunderung. „Los, mach keinen Ärger und komm friedlich mit."

erwidert der Polizeibeamte. „Aber, Samuel...“, fängt Danny an und wird streng vom Gegenüber unterbrochen: „Nenn mich 'Officer', ich bin in der Ausübung meiner Funktion.“ Danny prostet ihm mit seinem Bier zu und trinkt rasch aus. „Hiermit verhafte ich dich, du hast das Recht zu schweigen...“. Während er die Litanei predigt, holt er die Handschellen aus seiner Jackentasche heraus und legt sie Danny an. Danny, völlig überrumpelt und sprachlos, hört noch den Anderen: „Tut mir leid, alter Kumpel, ich hätte nie gedacht, dass du jemals so etwas tun würdest. Also mache keinen Ärger und leiste keinen Widerstand.“ Wie könnte der völlig verdatterte Danny widerstehen, als Samuel ihn vor sich mit unsanften Hieben hinaus führt?

Einige suspekten Gestalten betrachten Samuel, Danny wirft resignierte Blicke in die Runde und findet sich dann an der frischen Luft. Samuel macht die Hintertür seines Wagens auf, schiebt Danny mit Gewalt hinein, macht die Tür wieder zu. Er geht zur Fahrertür, macht sie auf und betrachtet noch einmal das Schild „Zur Bar“, seufzt und steigt ein.

✳✳✳

Nach einiger Fahrzeit fragt Danny halbherzig „Darf ich wissen, was los ist?“

„Ruhe, Gefangener!", antwortet Samuel und geht wieder seinen eigenen Gedanken nach. Danny besteht darauf: "Kann ich wenigstens erfahren, weswegen ich verhaftet werde?"

Samuel sieht ihn in den Rückspiegel kurz an und erklärt: „Wegen krimineller Absprache, Anstiftung zum Mord, und..." er sieht wieder auf die Fahrbahn, dann wieder in den Rückspiegel „Für miserables Schauspielern."

Danny begreift nicht sofort. „Ich aber kann das besser, der Punkt geht an mich.", sagt Samuel. „Gib mir sofort den Schlüssel!", ruft Danny, und in seinem Tonfall mischen sich Ärger und freudige Überraschung. Samuel holt den Schlüssel für die Handschellen aus seiner Brusttasche, hält ihn eine Sekunde vor seinen Augen und reicht eine Hand nach hinten, die mit dem Schlüssel wedelt, während er mit einem Schmunzeln um die Lippen auf den Verkehr achtet, denn jetzt kommen sie langsam von den schläfrigen Vororten in die aktivere Innenstadt. Danny wirft die Handschellen ab, reibt sich die Handgelenke „Wann bist du Polizist geworden, Brüderchen?"

„Meine Hauptrolle in einem Krimi!", gibt Samuel stolz zu. Danny pfeift anerkennend durch die Zähne: „Hauptrolle? Das hat Zukunft! Du hättest aber nicht so grob mit mir umgehen müssen."

„Wenn du meinst", gibt Samuel zu, „Ich wäre aber nicht so glaubwürdig gewesen. Übrigens…", und er reicht einen Brief nach hinten „Du hast einen Brief bekommen. Ist von Alex und Sam." Danny nimmt ihn, betrachtet kurz den offenen Brief, macht eine eher hilflose Geste und wirft einen vorwurfsvollen Blick vor sich in den Rückspiegel. Beide Blicke prallen aufeinander. „Ich musste ihn aufmachen, der Umschlag war durchnässt." „Du findest immer wieder eine Ausrede", ärgert sich Danny, während er den Brief auseinander faltet.„Tausendmal."

„War es nicht eher eine Million Mal?" wirft Samuel schelmisch ein.

***

Danny liest:
„Hallo Danny,
Danke für deine Hilfe. Sam bedankt sich auch. Wir sind sicherauf Hawaii gelandet. Jaja, Sam hat darauf bestanden, und wir haben beschlossen, das heißt, sie hat für uns entschieden, dass wir uns wenigstens für einige Jahre dort niederlassen könnten. Komm uns bald und öfter besuchen, schließlich hast du stark dazu beigetragen.

Es ist uns zu Ohren gekommen, dass Jericho angeklagt wurde, kann es sein, dass du dazu mehr weißt, als du gestehen willst? Im Prinzip spielt keine Rolle, durch wen es geschah, meint Sam, die Hauptsache ist, dass wir alle glimpflich davon gekommen sind, nicht wahr? Wie auch immer, schicke uns bitte den Zeitungsausschnitt, wenn das Urteil feststeht.

Ich weiß, dass du nichts haben willst, aber Sam macht mir die Hölle heiß, also werden wir dir eine Uhr kaufen, das ist das mindeste. Nicht den Kopf verneinend schütteln, ich sehe dich ja in Gedanken. Du kriegst eine Uhr, und Punkt! Aber Sam ist ein Dickkopf, weißt du, das bedeutet, dass du auch dein Anteil an der Beute kriegst. Ja doch, sonst darfst du ihr nie mehr unter die Augen kommen.

Übrigens, dein Auftritt... Superbe! Überleg dir gut, ob du nicht daraus dein Hobby machen solltest, so bald du demnächst reich bist.

Also, wir wünschen dir alles Gute und warten hier auf dich.

Liebe Grüße

Alex

P. S. Küsschen von Sam, ich glaube, sie führt etwas im Schilde und schaut sich heimlich nach meinem Trauzeuge um.“

***

Danny betrachtet genau das Bild von Alex und Samantha am Flughafen. Alex sieht in seinem Hawaii-Hemd etwas verloren und traurig aus. Er liebt diese Stadt und würde sie sonst nicht freiwillig verlassen. Das bunte Hemd hat sicherlich Sam ausgesucht, es hat fast alle anderen möglichen Farben als braun. Sam strahlt, ihr Gesicht an seiner Schulter gelehnt.Danny bekommt Fernweh.

In dem Brief gewickelt findet sich auch ein zusammengefaltetes Papier, das Danny glatt macht. Zum ersten Mal, seit Samuel ihn aus der Bar gezerrt hat, strahlt er endlich. „Diese Verrückten!". Er lacht laut, und beugt sich zum Fahrersitz nach vorn. „Sollen wir irgendwohin gehen und feiern?" fragt er seinen Bruder. „Klar doch, auf deine Rechnung, Krösus! Am Flughafen gibt es ein gutes Lokal!"

„Was würdest du von „Zur Bar" auf Hawaii sagen?"

Danny lehnt sich zufrieden zurück und überlässt der Zukunft die Entscheidung.